MINHA DESCOBERTA DA AMÉRICA

VLADÍMIR MAIAKÓVSKI

MINHA DESCOBERTA
DA AMÉRICA

Tradução
GRAZIELA SCHNEIDER

Supervisão da tradução
ELENA VÁSSINA

Martins Fontes

© 2007, Martins Editora Livraria Ltda., São Paulo

O original desta obra foi publicado com o título
МОЕ ОТКРЫТИЕ АМЕРИКИ

Preparação: Denise Sales
Revisão: Simone Zaccarias
Eliane de Abreu
Projeto gráfico e capa: Joana Jackson
Renata M. Ueda
Produção gráfica: Demétrio Zanin

Dados Internacionais de Catalogação na Publicação (CIP)
(Câmara Brasileira do Livro, SP, Brasil)

Maiakóvski, Vladímir
Minha descoberta da América / Vladímir Maiakóvski;
tradução Graziela Schneider. – São Paulo : Martins, 2007. – (Coleção Prosa)

Título original: МОЕ ОТКРЫТИЕ АМЕРИКИ.
Bibliografia
ISBN 978-99102-26-8

1. Literatura russa 2. Viagens – Narrativas pessoais I. Título. II Série.

06-8495 CDD-891.780355

Índices para catálogo sistemático:
1. Viagens : Relatos : Literatura russa   891.780355

Todos os direitos desta edição para o Brasil reservados à
MARTINS EDITORA LIVRARIA LTDA.
Rua Prof. Laerte Ramos de Carvalho, 163
01325-030   São Paulo SP Brasil
Tel. (11) 3116.0000   Fax (11) 3115.1072
info@martinseditora.com.br
www.martinseditora.com.br

Sumário

MÉXICO   9

NOVA YORK   47

AMÉRICA   85

PARTIDA   113

MINHA DESCOBERTA DA AMÉRICA

MÉXICO

Em poucas palavras. O último trecho de minha viagem foi Moscou, Königsberg (ar), Berlim, Paris, Saint-Nazaire, Gijon, Santander, Cabo de La Coruña (Espanha), Havana (ilha de Cuba), Veracruz, Cidade do México, Laredo (México), Nova York, Chicago, Filadélfia, Detroit, Pittsburgh, Cleveland (Estados Unidos da América do Norte), Havre, Paris, Berlim, Riga, Moscou[1].

Precisava ir. Para mim a convivência com as coisas vivas quase supre a leitura dos livros.

Viajar atrai o leitor contemporâneo. No lugar de interesses imaginários por coisas, imagens e metáforas entediantes, coisas interessantes por si mesmas.

---

1. [...] Em 25 de maio de 1925 o poeta deixou Moscou e, depois de uma estada de três semanas em Paris, embarcou no porto francês de Saint-Nazaire no vapor *Espagne*, que partia para o México. Zarpando dia 21 de junho da França, no dia seguinte o vapor passou algumas horas no porto espanhol de Santander. Naquele mesmo dia o poema "Espanha" foi escrito por Maiakóvski, seguido de uma série de obras, que compuseram um poético "diário" *sui generis* da viagem.

Em 5 de julho, depois de duas semanas no oceano Atlântico, o vapor chegou ao porto de Havana (ilha de Cuba), onde permaneceu 24 horas.

Eu tinha vivido pouco demais para escrever miudezas exatas e esmiuçadas. Eu tinha vivido razoavelmente pouco para precisar o essencial.

18 dias de oceano. O oceano é coisa da imaginação. E no mar não se vê terra, e no mar há mais ondas do que normalmente seriam necessárias, e no mar não se sabe o que há no fundo.

Entretanto, só a imaginação – de que à direita não há terra até o pólo e de que à esquerda não há terra até o pólo, de que em frente está o Novo Mundo, completamente novo, e embaixo, quiçá, esteja a Atlântida[2] –, só que essa imaginação é o oceano Atlântico. O oceano calmo é entediante. Por 18 dias rastejamos como moscas pelo espelho. Apenas uma vez tivemos um belo espetáculo em cena; já no caminho de volta, de Nova York a Havre.

Uma chuva torrencial incessante espumou de branco o oceano, sombreou o céu de branco, pespontou céu e água com linhas brancas. Depois apareceu um arco-íris. O arco-íris se refletiu, fechando-se no oceano, e, como artistas de circo, nós nos lançamos no arco irisado. Depois, novamente algas flutuantes, peixinhos-voadores, peixinhos-voadores e novamente algas flutuantes do mar dos Sargaços e, em raras ocasiões solenes, esguichos de baleias. E uma exaustão de água e mais água (até enjoar) o tempo todo.

Finalmente, em 8 de julho Maiakóvski desceu no litoral mexicano, no porto de Veracruz, e no dia seguinte foi à capital do país – Cidade do México. O poeta ficou cerca de três semanas no México.

Em 27 de julho, com dificuldade para obter o visto, Maiakóvski cruzou a fronteira dos Estados Unidos. Dia 30 de julho o poeta chegou a Nova York e ali ficou quase três meses; foi para as maiores cidades dos estados do leste (Cleveland, Detroit, Chicago, Filadélfia, Pittsburgh) e se pronunciou em inumeráveis saraus e comícios.

[...] Em 28 de outubro Maiakóvski zarpou de Nova York no vapor *Rochambeau* e em 5 de novembro chegou a Havre (França). [...] Em 22 de novembro de 1925 o poeta retornou a Moscou.

2. Há uma conjectura de que "Atlântida", imensa ilha desaparecida como resultado de alteração geológica, nunca tenha existido no oceano Atlântico.

MÉXICO

O oceano cansa, mas sem ele é um tédio só. Depois precisa de muito, muito tempo mesmo para a água rumorejar, o motor ranger tranqüilo, as escotilhas de cobre retinirem em cadência.

Vapor *Espagne*, 14 mil toneladas. O vapor é pequeno, parecido com o nosso GUM*. Três classes, duas chaminés, cinema, cafeteria-cantina, biblioteca, sala de concertos e redação de jornal. O jornal *Atlântico*. Aliás, péssimo. Na primeira página pessoas ilustres: Balíev e Chaliápin[3]; no texto, descrições de hotéis (matéria, ao que parece, preparada em terra) e uma coluna de notícias fraquinha – o cardápio do dia e o último radiograma, algo como: "No Marrocos tudo está calmo"[4].

O convés está adornado com lamparinas multicoloridas, e a noite toda a primeira classe dança com os capitães. A noite toda percute a batida do jazz:

    Marquita,
        Marquita,
             minha Marquita!
  Por que você
        não me ama,
             Marquita...

Classes bem demarcadas. Na primeira – comerciantes, fabricantes de chapéus e colarinhos, figurões da arte e freiras. Pessoas

---

* Sigla de um complexo de lojas de Moscou, situado diante da Praça Vermelha. (N. de T.)
   3. Balíev, N. F. (1877 ou 1876 ou ainda 1886–1936) – Diretor e animador do teatro-cabaré Morcego, em Moscou. Nos anos 1920 emigrou, saiu em turnê pela América.
   Chaliápin, Fiódor Ivánovitch (1873–1938) – famoso cantor russo; em 1918 recebeu o título de artista popular da República. Em 1921 foi para uma turnê no exterior e não voltou.
   4. Maiakóvski ironiza a informação falsa sobre a insurreição contra os colonizadores franceses e espanhóis, que aconteceu no Marrocos em 1925.

estranhas: de nacionalidade turca, falam só em inglês, sempre vivem no México – representantes de empresas francesas com passaportes paraguaios e argentinos. São esses os colonizadores contemporâneos, de tralhas mexicanas. Assim como antes, em troca de reles bugigangas, os companheiros e descendentes de Colombo extorquiam os indígenas, também agora, em troca de uma gravata vermelha que familiariza o negro com a civilização européia, fazem os peles-vermelhas dobrarem a espinha nas plantações havanesas. Mantêm-se isolados. De três em três ou de dois em dois, só para ir atrás de meninas bonitas. A segunda classe tem caixeiros-viajantes sem importância, principiantes em arte e a *intelligentsia* que bate à *Remington*[5]. Sempre escondidos dos contramestres, insinuam-se sorrateiros nos conveses da primeira classe. Entram e ficam à vontade; digam, no que é que eu sou diferente de vocês: os meus colarinhos são iguais aos seus, os punhos também. Mas os diferenciavam, sim, e de maneira quase polida pediam que se retirassem dali. A terceira era recheio de porão. Trabalhadores ansiosos de Odessa para o mundo todo – pugilistas, tiras, negros.

Os mesmos não se metem em cima. Para os que passam de outras classes, perguntam com inveja despeitada: "Por acaso é a sua vez no *preference**?". Dali sobem um acúmulo viciado de suor e botas, o fedor acre de fraldas secando, o ranger de redes e camas de campanha, espalhadas por todos os lados do convés, o choro pungente de crianças e um burburinho próximo ao russo, em que as mães chamavam à razão: "Quietinho, neném, não chore mais".

A primeira classe joga pôquer e *Mah-Jong*[6]; a segunda, damas e toca guitarra; na terceira, um leva o braço às costas, fecha os olhos; dão-lhe palmadas por trás com toda força, sendo pre-

---
5. Máquina de escrever.
* Jogo de cartas. (N. de T.)
6. Jogo chinês, parecido com o dominó.

ciso adivinhar quem bateu, em meio à multidão, e trocar o reconhecido pelo atingido. Aconselho aos estudantes experimentar esse jogo espanhol.

A primeira classe vomita onde quer; a segunda, na terceira; e a terceira, só nela mesma.

Acontecimentos mesmo não há.

O telegrafista passa, vocifera sobre vapores que vêm em sentido contrário. Pode-se enviar um radiograma para a Europa.

Já o bibliotecário-chefe, devido à pouca procura por livros, está ocupado com outros afazeres: distribui um papelzinho com dez números. Contribua com dez francos e escreva seu sobrenome; se o seu número coincidir com as milhas percorridas, ganhe cem francos desse totalizador marítimo.

Meu desconhecimento da língua e meu silêncio foram interpretados como silêncio diplomático, e sabe-se lá por quê, quando me encontrava, um dos comerciantes sempre vociferava, para travar conhecimento mais estreito com passageiros eminentes: "Bom Plevna[7]" – duas palavras que lhe ensinara uma menina judia do terceiro convés.

Na véspera da chegada a Havana o vapor ganhou ânimo. Foi oferecida uma "Tômbola", uma festa beneficente marítima em favor dos filhos de marinheiros tombados.

A primeira classe organizou uma loteria, bebia champanhe, repetia o nome do comerciante Makston, que doara 2 mil francos; esse nome foi afixado em um quadro de avisos, e sob aplausos gerais o busto de Makston foi adornado com uma fita tricolor com seu sobrenome estampado em dourado.

A terceira também organizou uma festa. Mas com as moedas de cobre atiradas em chapéus pela primeira e pela segunda e reunidas em benefício próprio.

---

7. Plevna (Pleven) – cidade na Bulgária; na guerra (1877–78), tropas russas nos arredores de Plevna aprisionaram o exército turco.

O número principal foi o boxe. Para os amantes desse esporte, os ingleses e os americanos, isso é evidente. Boxear mesmo ninguém sabia. Que repugnante: batem a fuça no calor. Na primeira dupla, o cozinheiro de bordo – um francês despido, franzino, peludo, de meias negras furadas em contraste com as pernas desnudas.

Por muito tempo bateram no cozinheiro. Ele se agüentou uns cinco minutos com destreza e ainda uns vinte minutos por amor-próprio, mas depois começou a implorar, baixou os braços e saiu, cuspindo sangue e dentes.

Na segunda dupla lutava um búlgaro besta, abrindo o peito de maneira vangloriosa, com um tira americano. O tira, um boxeador profissional, teve um ataque de riso; ele levantou a mão, mas por causa da risada e do assombro não só não acertou, como fraturou o próprio braço, já lesado depois da guerra.

À noite chegou um árbitro que reuniu dinheiro para o tira estraçalhado. A todos se desvendou um segredo: o tira tinha uma missão misteriosa e especial no México, mas precisou ficar de cama em Havana, e ninguém ajuda um maneta... para que ele servira para a polícia americana?

Isso eu entendi bem, porque também o árbitro americano de capacete de palha revelou-se um judeu sapateiro de Odessa.

E um judeu de Odessa precisa fazer tudo, até interceder em favor de um tira desconhecido sob o trópico de Capricórnio.

O calor era terrível.

Bebíamos água, porém em vão: no mesmo instante ela escaldava como suor.

Centenas de ventiladores giravam em redor dos eixos e de forma cadenciada balançavam e viravam a cabeça de um lado para o outro, abanando a primeira classe.

Agora a terceira classe odiava ainda mais a primeira, também porque esta era um grau mais fresca do que aquela.

MÉXICO

Pela manhã, cozidos, assados, abrasados, nós nos aproximamos da branca – tanto pelas obras quanto pelas rochas – Havana. Uma lanchinha aduaneira foi se encostando ao redor do vapor, depois uma dezena de botes e barquinhos com a batata havanesa – o ananás. A terceira classe jogava dinheiro, e depois pescava ananases com uma corda.

Em dois botes concorrentes, dois havaneses injuriavam-se em um russo claro: "Aonde é que você vai com esse seu ananás, seu filho da mãe...".

Havana. Paramos 24 horas. Foram buscar carvão. Em Veracruz não havia carvão; para consegui-lo é preciso sair por seis dias pelo golfo mexicano, ida e volta. Todos os da primeira classe logo receberam no camarote passes para descerem à margem. Comerciantes de tussor de seda branca desceram às dúzias correndo, agitados, carregando pequenas malas com exemplares de suspensórios, colarinhos, gramofones, fixadores e gravatas vermelhas para negros. Os comerciantes retornaram à noite bêbados, gabando-se dos regalados charutos de dois dólares.

A segunda classe desceu por seleção. Deixavam sair para a margem aqueles de quem o capitão gostava. Em geral, mulheres.

A terceira classe não deixavam sair de jeito nenhum, e ela ficava plantada no convés, no rangido e estrépito do compressor de carvão, na poeira negra, grudada ao suor viscoso, puxando ananases com uma corda.

No momento da descida despencou uma chuva nunca dantes vista por mim, uma bátega tropical.

E o que é a chuva?

É ar com uma camada de água.

Já a chuva tropical é água comprimida com uma camada de ar.

Sou passageiro de primeira classe. Estou na margem. Protejo-me da chuva em um armazém enorme de dois andares. Caixas de uísque estão empilhadas do chão ao teto. Rótulos misteriosos

– King George, Black and white, White horse – enegreciam em caixas de álcool, de contrabando, que penetra dali até os não muito distantes e sóbrios Estados Unidos[8].

Atrás do armazém, a imundície portuária de bodegas, prostíbulos e frutas pútridas.

Atrás da zona portuária, a asseada cidade ricaça do mundo. Um lado – hiperexótico. Tendo o mar verde ao fundo, um negro retinto de calças brancas vende um peixe escarlate, levantando-o pelo rabo sobre a própria cabeça. Outro lado – companhias multinacionais limitadas de tabaco e de açúcar com dezenas de milhares de trabalhadores negros, espanhóis e russos.

E, no centro da riqueza, um clube americano, a Ford, a Clay e Bock[9] de dez andares, primeiros indícios claros do domínio dos Estados Unidos sobre todas as três Américas – do Norte, do Sul e Central.

A eles pertence quase toda a *Kuzniétski Most** havanesa, longa, reta, cheia de cafés, propagandas e postes de iluminação: a *Prado*; por todo o *Vedado*[10], em frente a suas mansões cobertas com *colarios*[11] cor-de-rosa, flamingos cor-de-aurora apoiados em uma pata só. Policiais postados em bancos baixinhos debaixo de guarda-sóis guardam os americanos.

Tudo que tem a ver com o exótico de outrora é pitoresco, poético e pouco proveitoso. Por exemplo, o mais belo cemitério dos inumeráveis Gómez e Lopez[12], com aléias ensombradas até mesmo durante o dia por árvores tropicais de longas barbas, entrelaçadas.

---

8. Naquela época era proibido o comércio de bebidas alcoólicas nos Estados Unidos.
9. Trata-se de comerciantes que representam empresas capitalistas dos Estados Unidos em Havana.
* Rua comercial no centro de Moscou, recorrente na literatura desde o século XIX. (N. de T.)
10. Prado: principal rua de Havana. Vedado: quarteirão suburbano de ricaços.
11. Colarios: flores havanesas.
12. Gómez e Lopez: sobrenomes muito comuns no México.

Tudo que tem a ver com os americanos é bem-cuidado, bem-feito e organizado. À noite fiquei plantado uma hora diante das janelas do telégrafo havanês. As pessoas caíram em modorra na canícula havanesa, escrevem quase sem se mover. Do teto, contas, fichas e telegramas correm dependurados em pegadores de ferro, como mãozinhas, em uma faixa infinita. A máquina inteligente toma gentil o telegrama da senhorita, entrega-o para o telegrafista e volta com as últimas cotações de câmbio mundiais. E, em contato perfeito com ela, daqueles mesmos motores giram e se balançam as cabeças dos ventiladores.

De volta, mal achei o caminho. Lembrei-me da rua por causa da plaquinha esmaltada com a inscrição "tráfico"*. Como se fosse claro – o nome das ruas. Somente depois de um mês me dei conta de que "tráfico" nas milhares de ruas simplesmente mostra o sentido dos automóveis. Antes da saída do vapor desci correndo para comprar revistas. Na praça, um mendigo me abordou. Não pude entender imediatamente que ele pedia ajuda. O mendigo ficou surpreso:

– Do you speak English? Parlata espanhola? Parlez-vous français[13]?

Fiquei calado e apenas no fim disse macarronicamente, para me safar: "I am rrãchã[14]!".

Essa foi a atitude mais precipitada. O mendigo apertou minha mão entre as suas e pôs-se a vociferar:

– Viva o bolchevique! I am bolchevique! Viva, viva!

Esquivei-me sob olhares transtornados e temerosos dos transeuntes.

Nós zarpávamos já ao som do hino dos mexicanos.

---

* Em espanhol. É provável que se trate de "señal de tráfico". (N. de T.)
13. "Você fala inglês?"; corruptela da frase em espanhol: "habla español?" ("Fala espanhol?"); "Você fala francês?".
14. "I am Rushan!" (em inglês, o correto seria "I am Russian"): "Eu sou russo".

Como o hino enleva as pessoas – até os comerciantes ficaram sérios, saltaram entusiasticamente dos lugares e vociferaram algo como:

Esteja pronto, mexicano,
para montar o cavalo...

Para o jantar serviam pratos que eu desconhecia – coco verde untado com uma polpa de gordura e manga, uma caricatura de banana, com um caroço grande e cabeludo.

À noite eu olhava com inveja o pontilhado dos postes de iluminação ao longe, do lado direito – eram os lumes ferroviários da Flórida que brilhavam.

Nos postes de ferro da terceira classe, aos quais se ligavam cabos, estávamos sentados lado a lado eu e uma datilógrafa emigrada de Odessa. A datilógrafa falava entre lágrimas:

– Mandaram a gente embora, eu passava fome, minha irmã passava fome, um tio de segundo grau chamou da América. Partimos correndo e já faz um ano estamos navegando e vamos de terra em terra, de cidade em cidade. Minha irmã tem angina e abscesso. Eu chamei o médico da primeira classe. Ele não veio, mas nos chamou lá. Fomos. Ele diz "tire a roupa". Está sentado com alguém e ri. Em Havana queríamos dar o calote – levamos um safanão. Direto no peito. Dói. A mesma coisa em Constantinopla, a mesma coisa em Alexandria. Somos da terceira. Isso não acontecia nem em Odessa. Precisamos esperar dois anos até que nos deixem passar do México para os Estados Unidos... Felizardo! O senhor em meio ano verá a Rússia novamente.

México. Veracruz. Uma margenzinha de nada com casinhas baixas pequeninas. Um coreto redondo para músicos que tocam cornetas.

MÉXICO

Um pelotão de soldados treina e marcha em terra. Ataram-nos com amarras. Umas cem pessoas pequenas com chapéus de um quarto de archin* de comprimento gritavam, esticavam as mãos até o segundo convés com números de carregadores, engalfinhavam-se umas com as outras pelas malas e saíam, dobrando-se sob a imensa montanha de tralhas. Voltavam, enxugavam o rosto, vociferavam e pedinchavam novamente.

– Onde é que estão os indígenas? – perguntei ao vizinho.
– Estes são os indígenas – disse o vizinho.

Até uns doze anos eu sonhava com indígenas por causa de Cooper e Mayne Reid**. E aqui estou eu, perplexo, como se, diante de meus olhos, pavões tivessem se transformado em galinhas.

Fui bem recompensado pela primeira desilusão. Agora mesmo, atrás da alfândega, a própria vida começou incompreensível, surpreendente.

Primeiro – a bandeira vermelha com a foicinha e o martelo na janela da casa de dois andares.

Essa bandeira não tem nada a ver com nenhum consulado soviético. É a "organização de Proal***". Um mexicano instala-se no apartamento e iça o estandarte.

Isso significa: "Entrei numa boa, e não vou pagar pelo apartamento". É isso aí.

Experimente tocar para fora.

Pelas minúsculas sombras dos muros e cercas passam pessoas morenas. Pode-se também andar debaixo do sol, mas então devagar, devagarzinho – caso contrário, tem-se insolação.

---

* Medida russa equivalente a 0,71 m. (N. de T.)
** O autor faz referência ao americano James Fenimore Cooper (1789–1851), autor de *O último dos moicanos,* e a Thomas Mayne Reid (1818–1883), autor britânico de romances de aventura. (N. da Ed. Bras.)
*** Trata-se de Herón Proal, líder anarquista no México, que fundou o Sindicato Revolucionário de Inquilinos de Veracruz, em janeiro de 1922, e dirigiu-o. Participou do Congresso de fundação da Confederação Geral de Trabalhadores (CGT). Foi desterrado do estado de Veracruz pelo governo. Morreu na pobreza e no esquecimento. (N. de T.)

Dei-me conta disso tarde demais e durante duas semanas andei inflando as narinas e a boca – para compensar o ar rarefeito.

Toda a vida – tanto os negócios, quanto os encontros e as refeições – tudo acontecia nas ruas sob toldos de faixas de linho.

As principais pessoas eram os engraxates e os vendedores de bilhetes de loteria. Do que vivem os engraxates – não sei. Os

Capa da primeira edição de *Minha descoberta da América*, 1926

MÉXICO

nativos andam descalços, mas, se também há os calçados, esses são desasseados e indescritíveis. Só que para cada um que possui uma bota há no mínimo cinco engraxates.

Mas há ainda mais vendedores de bilhetes de loteria. Eles andam aos milhares com milhões de bilhetes premiados impressos em papel de seda que custam uma ninharia. E na manhã seguinte os prêmios com um mundaréu de entregas de meia-tigela. Isso já não era loteria, mas um jogo de azar curioso, como que de cartas. Os bilhetes se esgotam, como as sementes de girassol em Moscou. Em Veracruz não ficam muito tempo: compram um saco, trocam dólares, pegam o saco com moedas de prata nos ombros e vão à estação comprar passagem para a capital do México – Cidade do México.

No México todos carregam dinheiro em sacos. A freqüente sucessão de governos (em um período de 28 anos – trinta presidentes) solapou a credibilidade em qualquer papel. Daí os sacos.

No México há banditismo. Confesso que entendo os bandidos. E vocês, se alguém tilintar sacos de ouro bem diante dos seus narizes, por acaso não morderão a isca?

Na estação vi de perto os primeiros militares. Grande quepe com pena, rosto amarelo, bigodes de seis *verchok**, espada até o chão, fardas verdes e perneiras amarelas envernizadas.

O exército do México é interessante. Ninguém, nem mesmo o ministro da guerra, sabe quantos soldados há no México. Os soldados ficam sob o comando de generais. Se o general está a favor do presidente, quando possui mil soldados alardeia que tem dez mil. E, quando recebe para dez, providencia comida e munição para nove.

Se o general está contra o presidente, ostenta a estatística de um milhar, mas no momento de necessidade sai para lutar com uma dezena.

---
* Antiga medida russa equivalente a 4,4 centímetros. (N. de T.)

Por isso o ministro da guerra, quando questionado sobre os números de tropas, responde:

– *Quin sav, quin sav*[15]. Pode ser 30 mil, mas é possível que seja também cem.

O exército vive à maneira dos antigos – em barracas, com os trastes e bagagens, as esposas e os filhos.

Os trastes, as esposas e os filhos desse exército de makhnovistas[22] aparecem na época das guerras interiores. Se um exército não tem cartuchos, mas tem milho, e outros estão sem milho, mas com cartuchos – eles cessam o combate, as famílias fazem trocas comerciais, uns se empanturram de milho, outros enchem sacolas com cartuchos – e novamente avivam o combate.

No caminho para a estação, um automóvel espantou um bando de pássaros. É algo com que se espantar.

Do tamanho de gansos, negror de gralhas, pescoços nus e grandes bicos, eles nos sobrevoavam.

Esses são os "abutres", as gralhas pacíficas do México; seu interesse – qualquer detrito.

Partimos às nove da noite.

Dizem que o caminho de Veracruz até Cidade do México é o mais bonito do mundo. À altura de 3 mil metros ele sobe por precipícios, por entre rochedos e através da floresta tropical. Não sei. Não vi. Mas até a noite tropical que passa diante do vagão é extraordinária.

Em uma noite realmente azul, ultramarina, corpos negros de palmeiras são boêmios-artistas de cabelos bem compridos.

Céu e terra se confundem. Tanto acima quanto abaixo, estrelas. Dois firmamentos. Acima, astros celestes estáticos ao alcance de todos; abaixo, estrelas serpeantes e volantes de vaga-lumes.

---

15. Expressão espanhola transmitida erroneamente "Quién sabe".

* Movimento das massas cristãs na Ucrânia de 1918–1921, encabeçado por N. Makhno, que se destacou em posições anarquistas tanto contra a restauração do absolutismo e do poder de latifundiários quanto contra a política do comunismo de guerra. (N. de T.) Aqui, no sentido de "anarquia", "desordem".

Quando as estações se iluminam, pode-se ver a mais sórdida sujeira, asnos e mexicanos de chapéus compridos e *sarape* – mantas multicolores, com uma abertura no meio, para enfiar a cabeça e baixar as extremidades na barriga e nas costas.
Postados, ficam olhando – não querem saber de se mexer. Sobre todo esse complexo cheiro nauseabundo, uma estranha mescla de fedor de gasolina e odor da podridão de bananas e ananases.
Levantei-me cedo. Saí para a plataforma.
Tudo estava às avessas.
Eu não havia visto terras como essa e não imaginava que existissem terras assim.
Sobre o pano de fundo da aurora vermelha, despontavam cactos, respingados de vermelho. Somente cactos. Com enormes orelhas cheias de verrugas, o nopal, a iguaria preferida dos asnos, escutava-se a si mesmo. Como longas facas de cozinha, que se principiavam de um só lugar, crescia o *maguey*. Destilam-no em algo meio cerveja, meio vodca – o pulque –, embebedando indígenas famintos. E, atrás de *nopales* e *magueyes* do tamanho de cinco homens, ainda havia algo como tubos soldados, como um órgão de conservatório, só que verde-escuro, com espinhos e cones.
Fui à Cidade do México por tal caminho.

Diego Rivera me encontrou na estação[16]. Por isso, a pintura foi a primeira coisa que conheci em Cidade do México.

---

16. Diego Rivera (1886–1957) – famoso pintor e escultor mexicano. Quando da chegada de Maiakóvski ao México, a revista *Antotcha* escreveu: "De manhã, quando ele foi de Veracruz à Cidade do México, o famoso pintor mexicano Diego Rivera e sua assistente, Anaya, foram encontrá-lo na estação. Ainda no porto haviam-no aconselhado a comprar uma passagem para o vagão internacional. Ele comprou. Quando Maiakóvski saiu do vagão, Anaya exclamou, por causa do olhar observador que não deixava nada escapar: 'Olhe, Don Diego, olhe! Ele tem passagem para o vagão internacional e está saindo da segunda classe...'. O pintor disse: 'Se Maiakóvski viaja pelo México, então ele vai só de segunda classe, para ver-nos assim como somos'" (V. Katanian, *Maiakóvski. Crônica literária*, Moscou, Editora Estatal de Literatura Artística, 1956, p. 233).

Antes eu apenas ouvia dizer que Diego era um dos fundadores do Partido Comunista do México, que Diego era o maior artista mexicano, que Diego acertava uma moeda no ar com um Colt*. Eu sabia também que Ehrenburg tentara escrever seu Julio Jurenito[17], como Diego.

Diego era colossal, com uma bela barriga, cara bolachuda, uma pessoa sempre sorridente.

Ele conta mil coisas interessantes, misturando palavras russas (Diego entende russo perfeitamente), mas antes do relato adverte:

– Tenha em vista, e minha mulher pode confirmá-lo, que metade de tudo que eu digo é lorota.

Da estação, depois de largar as coisas no hotel, fomos para um museu mexicano. Diego se movimentava feito nuvem, respondendo a centenas de saudações, apertando a mão dos mais próximos e trocando gritos com os que passavam do outro lado. Olhamos antigos calendários astecas, redondos, de pedra, das pirâmides mexicanas, ídolos do vento de duas caras, sendo que o rosto de um está no encalço do outro. Olhamos, e não me mostraram em vão. Já o embaixador mexicano em Paris, o senhor Reyes, célebre novelista do México, advertiu-me de que a idéia contemporânea de arte mexicana provém da arte popular indígena antiga, multicolor, rústica, e não de formas eclético-epigonais, trazidas para cá da Europa. Talvez essa idéia seja uma parte, ainda que não seja a parte consciente, da idéia de luta e libertação dos escravos coloniais.

Diego quer casar a característica da antigüidade rústica com os últimos dias da pintura modernista francesa em seu trabalho ainda inacabado – um mural em todo o prédio do Ministério da Educação mexicano.

---

* Revólver da marca Colt. (N. de T.)
17. Herói do romance de I. G. Ehrenburg *As extraordinárias aventuras de Julio Jurenito...* (1922) – personagem fictício.

Trata-se de muitas dezenas de murais, que mostram a história do México, a passada, a atual e a futura.

O paraíso primitivo, com trabalho livre, com costumes antigos, as festas do milho, as danças do espírito da morte e da vida, as oferendas frutíferas e floríferas. Depois – os navios do general Hernán Cortés[18], a conquista e escravização do México. O trabalho forçado e o proprietário da plantação (sempre com revólveres) largado em uma rede. Afrescos do trabalho de tecelagem, fundição, olaria e engenho de açúcar. A luta emergente. Uma galeria de revolucionários mortos a tiros. A insurreição da terra, que ataca até o céu. Funerais de revolucionários assassinados. A libertação de um camponês. Instrução para camponeses sob vigilância do povo armado. A aliança de trabalhadores e camponeses. A construção da terra futura. A comuna – florescimento da arte e dos saberes.

Essa obra fora encomendada pelo presidente anterior, que não governara muito tempo, quando bajulava os trabalhadores.

Agora esse é o primeiro mural comunista do mundo – alvo de duríssimos ataques de muitas personalidades eminentes do governo do presidente Calles[19].

Os Estados Unidos – maestros do México – deram a entender com encouraçados e canhões que o presidente mexicano é apenas um executor das vontades do capital da América do Norte. E por isso (é fácil deduzir) é inútil promover a pintura comunista de agitação.

Houve casos de agressão de baderneiros, tanto adulterando quanto raspando quadros.

---

18. "Para cá navegaram os descobridores da América; daqui, em 1519, o México foi atacado pelos conquistadores espanhóis – as tropas do general Cortés. Desses campos de milho para a capital camponeses revolucionários organizaram a insurreição, nesse ancoradouro eu entrei."
19. Calles, Elías Plutarco – presidente do México de 1924 a 28.

Naquele dia almocei na casa de Diego.

Sua mulher é uma alta beldade de Guadalajara.

Comemos só coisas mexicanas.

Secos, chochos, bem chochos e pesados pastéis-*blini*. Carne picada, envolta em um mundaréu de farinha e todo o fogo da pimenta.

Até o almoço, coco – depois, manga.

Acompanha algo que cheira a vodca caseira barata – conhaque-*habanera*.

Depois passamos à sala de estar. No centro do sofá, o filho de um ano, largado, enquanto na cabeceira, em uma almofada caprichada, jaz um enorme Colt.

Tocarei também em questões fragmentárias sobre outras artes.

Poesia. É vasta. No jardim Chapultepec há uma aléia todinha de poetas – *Calhzada de los poetos**.

Solitárias figuras sonhadoras esboçadas em um papelzinho.

De cada seis pessoas, uma certamente é poeta.

Mas todas as minhas perguntas aos críticos sobre a significativa poesia mexicana contemporânea – se há algo semelhante à corrente soviética – ficaram sem resposta.

Até o comunista Guerrero, redator de uma revista ferroviária, e até o escritor-operário Cruz escrevem quase só coisas líricas com volúpia, lamentos e murmúrios, e sobre a amada dizem: *Como león nubio* (como um leão da Núbia).

A causa, acho eu, do fraco desenvolvimento da poesia é a fraca demanda social. O redator da revista *Fáquel*** mostrou-me que pagar por versos é algo impossível – isso lá é trabalho! Só os publicam se for por um belo gesto de humanidade, antes de tudo útil e interessante somente para o autor. É curioso que essa visão da poesia também existiu na Rússia no período anterior a Púchkin e até

---

* Corruptela de "Calzada de los poetas". (N. de T.)
** "Tocha". (N. de T.)

na época dele. Parece que profissional, com versos fazendo seriamente parte do orçamento, havia então apenas Púchkin. Poesia publicada ou um livro bom em geral não sai de jeito nenhum. A exceção diz respeito somente aos romances traduzidos. Até o livro *América de rapina*, obra essencial sobre o imperialismo dos Estados Unidos e a possibilidade de união da América Latina nas lutas, já traduzido e publicado na Alemanha, aqui se esgota em quinhentos exemplares, e por pouco sob coerção.

Aqueles que querem que sua poesia saia publicam impressos com gravuras populares com o poema, adaptado ao canto, sobre algum motivo bem conhecido.

O delegado da Krestintern, o camarada Galván[20], mostrou-me esses impressos. Eram impressos pré-eleitorais com seus próprios versos, vendidos por uma ninharia nos mercados ao ar livre. Seria preciso adaptar esse processo a vappistas e mappistas* – em vez de volumosas antologias acadêmicas em *vergê* operário-camponês, por cinco rublos.

Amam e respeitam a literatura russa, embora mais de ouvir falar. Agora estão traduzindo (!) Liev Tolstói, Tchékhov, e dos novos eu vi somente *Os doze* de Blok** e meu *Marcha de esquerda*.

Teatro. Dramas, óperas, balés estão esvaziados. Anna Pávlova[21], em turnê, teria sala cheia só se visse tudo dobrado.

---

20. Krestintern – abreviatura de *Krestianskii internatsional* (Крестьянский интернационал) [Internacional campesina], organização internacional daquela época. Manuel Hernando Galván foi delegado do México no primeiro congresso da Krestintern em Moscou (outubro de 1923).

* Das siglas VAPP e MAPP – membros de associações de escritores proletários de Moscou e de toda a ex-União Soviética. ВАПП – Всероссийской Ассоциации пролетарских писателей (VAPP – Associação Russa de Escritores Proletários) e МАПП – Московской ассоциации пролетарских писателей (MAPP – Associação Moscovita de Escritores Proletários). (N. de T.)

** Blok, Aleksandr Aleksándrovitch (1880–1921) – Filólogo, poeta, dramaturgo e ensaísta. Expoente do simbolismo russo. (N. da Ed. B.)

21. Pávlova, Anna (1881–1931) – famosa bailarina russa. A partir de 1914 viveu no exterior.

Uma vez fui a um enorme teatro para um espetáculo de marionetes. Foi horrível ver essa formidável arte vinda da Itália. As pessoas, que pareciam vivas, inclinavam-se em uma ginástica de todas as articulações. De uma mulher de tamanho humano saía voando para dançar uma dezena de bonequinhos pequerruchos de ambos os sexos.

A orquestra e o coro de pessoas de meio archin soltavam trilados impossíveis, e até nesse espetáculo oficial em prol de pilotos do México somente os camarotes dos representantes diplomáticos estavam cheios, embora os ingressos tivessem sido vendidos entre camelôs e cambistas.

Há dois bataclãs[22] – imitação de revista parisiense de mulheres nuas. Estão cheios. As mulheres são magrelas e imundas. É evidente que já está fora de moda, de época e de êxito na Europa e nos Estados [Unidos]. Cheiram a suor e escândalo. O número de voltas de meia hora (com tremor) do traseiro (o inverso da dança do ventre) se repete três vezes – e novamente um assobio tempestuoso, que faz as vezes dos aplausos no México.

Também freqüentamos o cinema. O cinema mexicano funciona a partir das oito da noite e passa um programa de três, quatro fitas imensas, que não se repete.

O conteúdo é de caubói; a origem, americana. Mas o espetáculo mais freqüentado é a corrida de touros.

A enorme estrutura de aço da arena – um só edifício conforme manda o figurino, de acordo com toda a amplidão americana.

Umas quarenta mil pessoas. Bem antes do domingo os jornais publicam:

Los ocho toros

---

22. *Bataclan* (francês): aqui, teatro de variedades de baixa qualidade, café.

Antes que touros e cavalos tomem parte no combate é possível ver o *toro* nas estrebarias. Tais e tais toureadores, matadores e picadores ilustres participam da festa.

No momento determinado, milhares de carruagens com damas mundanas, com macaquinhos amansados, passam por cima de tudo e de todos em seus "rolls"[23], e dezenas de milhares de transeuntes avançam para o edifício de aço. Os preços dos ingressos, esgotados por cambistas, inflam, dobram.

O circo está aberto.

A aristocracia compra ingressos para o lado rico, na sombra; a plebe, para o barato, sob o sol. Se depois da matança de dois touros do programa geral, às 6 ou às 8, a chuva obrigar a suspender o esfoladouro, o público – foi assim no dia de minha ida – fica ensandecido e destrói a administração e as partes de madeira.

Aí a polícia desce a mangueira e começa a esguichar água no lado ensolarado (plebeu). Não adianta – então atiram nesses mesmos peixinhos dourados.

Toro[24].

Diante da entrada, uma enorme multidão espera as touradas favoritas. Os cidadãos ilustres esforçam-se para tirar fotografias ao lado do toureador altivo, senhoras aristocratas deixam que segurem suas crianças, para se pavonear, é óbvio. Os fotógrafos estão quase em cima dos chifres dos bois – e começa o combate.

A princípio um desfile pomposo de lantejoulas que reverberam. E o público já começa a delirar, arremessando chapéus, paletós, porta-moedas e luvas para os favoritos na arena. Relativamente belo e calmo, passa o prólogo, quando o toureador provoca o touro com a capa vermelha. Mas já com os bandarilheiros, quando cravam as primeiras lanças no pescoço do touro, quan-

---
23. De Rolls-Royce.
24. *Toro* (espanhol): aqui no sentido de arena para a corrida de touros.

do os picadores rompem os flancos dos touros, e o touro torna-se gradualmente vermelho, quando seus chifres furiosos se cravam nas barrigas dos cavalos, e por um átimo os cavalos dos picadores galopam com as tripas caídas, então a alegria funesta do público chega à ebulição. Vi um homem que desceu de seu lugar saltando, arrancou a capa do toureador e começou a chacoalhá-la diante do nariz do touro.

Experimentei uma alegria suprema: o touro sabia cravar o chifre entre as costelas humanas, vingando os touros-camaradas. Retiraram o homem.

Ninguém lhe deu bola.

Eu não podia nem queria ver como levavam a espada para o assassino principal e este a cravava no coração do touro. Só com o estrondo tempestuoso da multidão entendi que o fato se consumara. Embaixo, os esfoladores de couro já esperavam a rês com facas. A única coisa que lamentei foi não se poder colocar metralhadoras nos chifres do touro e não se poder adestrá-lo para atirar.

Por que ter pena daquela gente?

A única coisa que me resignava em relação à corrida de touros era o seguinte: o fato de que também o rei espanhol Alfonso[25] era contra.

A corrida de touros é o orgulho nacional mexicano.

Quando o ilustre toureador Rudolfo Gaón partiu para a Europa, depois de se despedir dos próprios negócios, resolver suas coisas, comprar uma casa, garantir-se a si e aos filhos – toda a imprensa rugiu, fazendo uma pesquisa: será que esse grande homem tem o direito de partir? De quem aprenderá, de quem tomará o exemplo o México das novas gerações?

Não vi obras novas de monumentos arquitetônicos arrebatadores no México. Os presidentes que mudam rapidamente

---

25. Alfonso xiii, que reinou de 1886 a 1931.

pouco refletem sobre obras longevas. Díez[26], na presidência durante trinta anos, no fim começou a construir não se sabe se um senado ou um teatro. Expulsaram Díez. Desde então se passaram muitos anos. O esqueleto pronto de vigas de ferro está ali, e agora, parece, algum especulador mexicano adquiriu o direito de demolição ou venda em troca de alguns serviços para o presidente. Uma coisa nova e boa me pareceu o monumento em memória de Cervantes (uma reprodução do sevilhano). A plataforma elevada, rodeada de bancos de pedras, com uma fonte no meio, muito necessária na canícula mexicana. Bancos e muros baixos ladrilhados, reavivados nas gravuras simplórias das aventuras de Dom Quixote. O pequeno Dom e Sancho Pança estavam dos dois lados. Nenhuma imagem de Cervantes bigodudo ou barbudo.

Em compensação, há duas estantes com livros seus, que por muitos anos mexicanos eminentes folheiam.

Cidade. Cidade do México é plana e pitoresca. Por fora quase todas as casinhas são como caixas. Rosas, azuis, verdes. A cor predominante é o amarelo-róseo, como a areia da praia na aurora. A fachada das casas é entediante, toda sua beleza está dentro. Aqui uma casa forma um pequeno pátio quadrangular. O pátio plantado com todo tipo de tropicalidade em flor. Diante de todas as casas um terraço de dois, três, quatro andares, cingido pela verdura, ornado com potes de plantas rastejantes e gaiolas de papagaios, abraça o pátio.

O imenso café americano Sunburn foi todo construído assim: um telhado envidraçado sobre um pátio pequeno – é isso aí.

Esse é o tipo espanhol de casas, trazido para cá pelos conquistadores.

---

26. (Mais exatamente Díaz), Porfírio – presidente do México de 1877 a 80 e de 1884 a 1911.

Desenho de Maiakóvski, feito no México (*Caderno de Notas*, 1925, nº 33)

Do velho México de oito séculos – quando todo esse espaço ocupado pela cidade era um lago, rodeado de vulcões, e somente em uma ilhazinha ficava o *pueblo*, curiosa cidade-casa-comuna, para umas 40 mil pessoas – dessa cidade asteca não restaram nem sequer vestígios.

Em compensação, um mundaréu de palácios e casas do primeiro conquistador do México – Cortez e sua época, Iturbide[27], tsar não por muito tempo, mosteiros e igrejas e mais igrejas. Há muito mais do que 10 mil delas espalhadas pelo México.

E os enormes templos novos, como se fossem irmãos de Notre-Dame – catedrais na praça *Zokol*[28] –, até a pequenina igrejinha

---

27. Iturbide, Agustín (1783–1824) – político reacionário do México. Em 1822 declarou-se imperador; um ano depois, foi derrubado e logo fuzilado.
28. Mais exatamente praça Zókalo (do espanhol *zócalo* – base, pedestal). Durante muito tempo, permaneceu nessa praça o pedestal da estátua popular do rei espanhol Carlo IV, que fora destruída.

no centro velho, sem janelas, mofada e coberta de limo. Ela foi abandonada uns duzentos anos atrás, depois da batalha dos monges com alguém, e aí está o pequeno pátio no qual ainda agora está largada a antiquada arma, exatamente naquela ordem – ou melhor, desordem – em que a largaram os sitiados vencidos. E, diante dos livros enormes, morcegos e andorinhas planam em suportes de madeira.

Na verdade, a catedral mencionada é pouco utilizada para oração – de um lado da catedral está a entrada; do outro, quatro saídas para quatro ruas. As *signorini* e *señoritas** mexicanas se utilizam da catedral como um pátio de passagem para, deixando no motorista que espera a impressão de castidade religiosa, escapulir para o outro lado, para os braços de um amante, ou de mãos dadas com um admirador.

Embora as terras da igreja tenham sido confiscadas e as procissões religiosas proibidas pelo governo, isso ficou só no papel. Na prática, afora os sacerdotes, também vela pela religião grande quantidade de organizações curiosas: "Os Cavaleiros de Colombo", "Sociedade das Damas-Católicas", "Sociedade dos Católicos Jovens" e assim por diante.

São casas e edifícios, nos quais param cicerones e kukistas[29]. Casas de história – casas de sacerdotes e casas de ricos.

Os comunistas me mostraram quarteirões de pobres coitados, pequenos aprendizes, desempregados. Esses casebres amontoam-se uns nos outros, como barracas em Súkharevski[30], mas com ainda mais imundície. Nessas casas não há janelas, e das portas abertas vê-se como se amontoam famílias de oito, dez pessoas em um único cômodo.

Na época das diárias chuvas de verão mexicanas, a água inunda o piso batido debaixo das calçadas e se transforma em poças empestadas.

---

* Corruptela do que Maiakóvski ouve em espanhol, uma mescla de italiano e espanhol. Provavelmente, ele se refere a *señoras* e *señoritas*. (N. de T.)
29. Kuki – aqui, guias da célebre agência turística de Kuka.
30. Mercado ao ar livre em Moscou.

Diante das portas, crianças miúdas e magricelas comem milho cozido, vendido ali mesmo e mantido quente sob trapos imundos nos quais à noite dorme o próprio vendedor.

Os adultos que ainda têm 12 cêntimos[31] sentam-se em *pulquerías* – típica bodega mexicana, ornada com o *sarape* atapetado, imagens do general Bolívar, fitas multicoloridas ou miçangas em vez de portas.

O pulque de cacto, sem comida, arruína coração e estômago. E por volta dos quarenta anos o indígena tem dispnéia, o indígena tem a barriga inchada. É o descendente de Iastriebiniy Kogot[32] de aço, caçadores de escalpos! É um país depenado pelos imperialistas civilizadores americanos – um país no qual, até o descobrimento da América, a prata que ficava largada nem era considerada metal precioso –, um país no qual agora não se compra nem uma libra de prata, mas é preciso procurá-la em *Wall Street*, Nova York. A prata é americana, o petróleo é americano. No norte do México, tanto as densas ferrovias quanto a indústria com a última palavra em tecnologia são de domínio americano.

E o exótico – que se dane! Lianas, papagaios, tigres e malária – para o sul, para os mexicanos. E para os americanos, o quê? Será que vão caçar tigres e tosquiar o pêlo para pincéis de barbear?

Tigres – isso é para mexicanos. Para eles – o exótico faminto.

O país mais rico do mundo, já apadrinhado pelo imperialismo norte-americano com a ração* minguada.

A vida da cidade começa tarde, às oito, nove horas.

Abrem-se mercados, oficinas de serralheiros, sapateiros e alfaiates, todas providas de instalação elétrica, com máquinas de serração e tingimento de saltos, com ferros para passar simulta-

---

31. *Cêntimo* (mais exatamente centavo): moeda miúda do México.
32. Da alcunha que os colegiais levam nos romances "indianistas" – heróis do conto de A. P. Tchekhov "Meninos".

* A palavra em russo remete diretamente à literatura russa soviética, à ração – porção de comida que se recebia durante o regime. (N. de T.)

neamente o terno todo. Atrás das oficinas, instituições governamentais.

Um mundaréu de táxis e automóveis particulares se alterna com democráticos ônibus pesadões que dão solavancos, menos confortáveis e espaçosos do que nossa jamanta*. Autos concorrem com ônibus, e autos de diferentes marcas concorrem entre si.

Essa concorrência, diante do caráter mais do que exaltado dos motoristas espanhóis, ganha formas de um verdadeiro combate.

Auto persegue auto, autos juntos perseguem ônibus, e todos conjuntamente sobem nas calçadas, perseguindo passantes precipitados.

Cidade do México é a primeira cidade do mundo em número de acidentes de automóveis.

O motorista no México não se responsabiliza por batidas (cada um por si!), por isso a duração média da vida sem bater é de dez anos. Uma vez a cada dez anos atropelam alguém. Na verdade, há também casos de não-atropelados no período de vinte anos, mas isso por conta dos já-atropelados em cinco anos.

Diferentemente dos inimigos da humanidade mexicana – os automóveis –, os bondes desempenham um papel humano. Eles conduzem defuntos.

Freqüentemente vêem-se espetáculos insólitos. Um bonde com parentes chorosos, mas o defunto está em um carro fúnebre a reboque. Todo esse cortejo fúnebre acontece muito rápido, com um mundaréu de buzinas e sem paradas.

Eletrificação original da morte!

Há relativamente pouca gente nas ruas em comparação com os Estados Unidos – pequenas casinhas com jardins, cidade de enorme extensão, mas 600 mil habitantes ao todo.

---

* Em russo, remete a *polók* (полок): jamanta, telega para traslados de objetos volumosos.

Há pouca propaganda de rua. Apenas de noite uma se estampa. Um mexicano feito de lâmpadas elétricas laça um maço de cigarros. E todos os táxis são enfeitados com mulheres arqueadas, prontas para nadar – propaganda de trajes de banho. A única propaganda de que gosta o mexicano pouco impressionável é a *baja* – a liquidação. A cidade se atulha com essas liquidações. As companhias mais sólidas são obrigadas a anunciá-la – sem liquidação não se força o mexicano a comprar nem folha de parreira.

Nas circunstâncias mexicanas isso não é brincadeira. Dizem que a municipalidade pendurou uma placa em uma das entradas que levam à Cidade do México, para conscientização de indígenas naturais demais:

> É PROIBIDO ENTRAR
> SEM CALÇAS
> NA CIDADE DO MÉXICO

Há comércio exótico, mas ele é para trouxas, para americanas descarnadas que estão de passagem, que limpam as lojas de suvenires. A seu serviço favas saltitantes, *sarapes* ofuscantes demais, dos quais se afastariam bruscamente todos os asnos de Guadalajara, bolsinhas com calendários astecas estampados, cartões-postais com papagaios feitos de plumas de papagaios verdadeiros. O mexicano pára mais amiúde diante de lojas de carros alemães, lingerie – francesa, móveis – americanos.

Infinita quantidade de empresas estrangeiras. Quando estabelecimentos franceses içaram as bandeiras no feriado de 14 de julho, a abundância delas fazia pensar que estávamos na França.

A Alemanha e os alemães têm a maior simpatia comercial.

Dizem que o alemão pode viajar pelo país desfrutando de hospitalidade geral só por causa do amor por sua nacionalidade.

Não é por acaso que no jornal mais difundido aqui vi máquinas tipográficas, trazidas recentemente, só de marcas alemãs – ainda que até a América sejam 24 horas [de viagem], enquanto até Hamburgo a viagem dura 18 dias. Até as cinco, seis horas, serviço, trabalho. Depois, rumo às portas giratórias. Portas giratórias em frente a salões de beleza na América – um cilindro de vidro com espirais de várias cores, a propaganda dos salões de beleza mexicanos. Outras pessoas dirigem-se ao engraxador de sapatos. Uma loja comprida com suporte para os pés em frente a cadeiras altas. Uns vinte engraxates.

O mexicano é dândi – vi operários que passam perfume. A mexicana anda esculachada a semana toda para vestir sedas no domingo. A partir das sete horas, as ruas centrais se incendeiam com a eletricidade, que aqui consome mais do que em qualquer lugar – em todo caso, mais do que permitem os recursos do povo mexicano. Uma agitação toda particular em prol da solidez e bem-estar da existência no mandato do atual presidente.

Às 11 horas, quando fecham teatros e cinemas, restam alguns cafés e bodegas subterrâneas suburbanas e arrabaldinas – e caminhar começa a se tornar bastante perigoso. Já não deixam entrar no jardim Chapultepec, no qual está o palácio do presidente.

Pela cidade um monte de disparos. A polícia que acorre nem sempre desvenda o assassinato. Mais do que tudo disparam em tavernas, usando Colts como saca-rolhas. Golpeiam gargalos de garrafas. Disparam simplesmente do carro, para fazer barulho. Disparam por aposta – tiram a sorte, quem vai matar quem a tiro –, o sorteado mata com honra. Disparam para o jardim Chapultepec de caso pensado. O presidente ordenou que não permitissem a entrada no jardim quando está escuro (no jardim do palácio presidencial), que disparassem depois da terceira advertência. Não se esquecem de disparar, só que às vezes se esquecem de advertir. Os jornais escrevem com prazer sobre assassinatos, mas sem en-

tusiasmo. Mas, em compensação, quando o dia passa sem mortes, o jornal publica com surpresa: "Hoje não houve assassinatos".
É grande o amor pela arma. Costumam se despedir de um amigo assim: de pé, barriga com barriga, dão uns tapinhas nas costas – aliás, mais embaixo – e sempre dão uns tapinhas no pesado Colt, no bolso traseiro da calça.
Todo mundo faz isso, dos 15 até os 75 anos de idade.

Uma pincelada de política. Pincelada – porque essa não é minha especialidade, porque fiquei pouco tempo no México, e é preciso muito tempo para escrever sobre isso.

A vida política do México é considerada exótica, porque a princípio seus fatos particulares são insólitos, e as manifestações, incomuns.

O revezamento de presidentes, a voz decisiva do Colt, as revoluções que nunca cessam, a lendária propina, o heroísmo das insurreições, a corrupção dos governos – há tudo isso no México, e tudo à vontade.

Antes de tudo, [escrevo] sobre a palavra "revolucionário". Na percepção mexicana, este não é apenas o que entende ou vislumbra os tempos futuros, lutando por eles e trazendo humanidade para eles. O revolucionário mexicano é cada pessoa que com uma arma nas mãos derruba o poder – qualquer que seja ele, tanto faz.

E como no México todo mundo ou derrubou, ou está derrubando, ou quer derrubar o poder, todos são revolucionários.

Por isso essa palavra não significa nada no México, e, no caso da vida sul-americana lida no jornal, é preciso se perguntar mais e mais profundamente. Vi muitos revolucionários mexicanos, desde jovens entusiastas do comunismo – por ora escondendo um Colt, à espera de que também o México passe por nosso caminho de outubro – até velhos de 65 anos, que juntam milhões para subornar a intervenção, atrás da qual se divisa o próprio posto presidencial.

Ao todo há cerca de duzentos partidos no México – com esquisitices partidárias museológicas, como o "Partido da Ressurreição Revolucionária" de Rafael Mayen, que possui ideologia, programa, comitê, mas que é partido de uma pessoa só, ou como líderes arruinados que propõem à administração da cidade pavimentar uma rua inteira por sua própria conta, só para que uma travessa leve seu nome.

O partido *labor** é interessante para a visão operária. É um pacífico "Partido dos Trabalhadores", de espírito próximo ao norte-americano Gompers[33], o melhor indicador de como se degeneram os partidos reformistas quando substituem a luta revolucionária pela negociação de pastas ministeriais, por discursos nobres da tribuna e maquinações político-comerciais nos corredores.

Figura interessante é um militante daquele partido, o ministro do trabalho Morones, que invariavelmente todas as revistas descrevem com diamantes brilhantes em todo o busto e punhos.

Infelizmente, não posso criar um esboço satisfatório da vida dos comunistas do México.

Fiquei na Cidade do México, centro da política oficial – a vida operária propriamente dita se concentrava mais ao norte, no centro petrolífero de Tampico, nas minas do estado do México, em meio aos camponeses do estado de Veracruz. Posso apenas recordar alguns encontros com camaradas.

O camarada Galván, representante do México na Krestintern, organizou em Veracruz a primeira comuna agrícola com novos tratores, tentando introduzir novos costumes. Como um verdadeiro entusiasta, conta sobre seu trabalho, distribui fotografias e até lê versos sobre a comuna.

---

* Trata-se do *Labor Party* (Partido Trabalhista). (N. de T.)
33. Gompers, Samuel – líder sindical reacionário dos Estados Unidos; de 1882 a 1924 foi presidente da Federação do Trabalho americana.

O camarada Carío – ainda muito jovem, mas um dos melhores teóricos do comunismo – é secretário, é tesoureiro, é redator, tudo o que é possível a um tempo só.

Guerrero é indígena. Comunista e artista. Um caricaturista político excelente, que domina tanto o lápis quanto o *lazo**.

O camarada Moreno. Deputado do estado de Veracruz.

Maiakóvski e Moreno
México, 1925

---

* *Lazo* (espanhol): laço. (N. de T.)

Moreno escreveu em meu livro, depois de ouvir "Marcha da Esquerda" (muito infelizmente, essas folhas se perderam "por motivos de força maior" na fronteira americana):

Diga aos operários e camponeses russos que por enquanto nós apenas escutamos sua marcha, mas haverá o dia em que atrás de sua *Mauser* ressoará também nosso "33" (calibre do Colt).

O Colt ressoou, mas, infelizmente, não o de Moreno, mas em Moreno. Encontrando-me já em Nova York, li no jornal que o camarada Moreno fora morto por assassinos governamentais.

O Partido Comunista do México é pequeno; meio milhão de proletários – cerca de dois mil comunistas, mas desses só uns trezentos camaradas são membros ativos.

Mas a influência dos comunistas floresce e se difunde ultrapassando os limites do partido – o órgão comunista *El Machete* possui uma tiragem efetiva de cinco mil.

Mais um fato. O camarada Monzón já no senado federal tornou-se comunista, depois de ser enviado ao senado pelos laboristas do estado de San Luis Potosí. O antigo partido o chamou duas vezes para prestar contas – ele não compareceu, ocupado com assuntos do partido comunista. Entretanto, não puderam privá-lo do mandato, graças a sua enorme popularidade junto à massa operária.

A excentricidade da política do México, seu caráter à primeira vista incomum, explica-se pelo fato de que é preciso buscar suas raízes não somente na economia do México, mas também nos cálculos e nas concupiscências dos Estados Unidos, e principalmente neles. Há presidentes que presidenciaram por menos de uma hora, de sorte que, quando os entrevistadores apareciam, o mesmo já tinha sido derrubado e respondia com irritação: "Por acaso vocês não sabem que só fui eleito por uma hora e meia?".

Sucessão tão rápida não se explica em absoluto pelo vivo temperamento dos espanhóis, mas por escolherem tal presidente de acordo com os estados, para a execução de alguma lei urgente e subserviente, que defende os interesses americanos. Desde 1894 (eleição do primeiro presidente do México, o general Guadalupe), 37 presidentes se sucederam em trinta anos e a constituição mudou radicalmente cinco vezes. E tem mais: desses 37, trinta eram generais, ou seja, cada nova posse era acompanhada de uma arma, e assim o quadro vulcânico do México ficará um pouco mais claro para vocês.

Também daí se explica como decorrem as disputas eleitorais mexicanas.

Antes das votações, prevendo que o adversário terá a maioria dos votos, delegados audaciosos furtam detentores de votos a mais do partido adversário e os mantêm [cativos] até a aprovação da resolução.

Não é a regra, mas acontece. Um general convida outro, e durante o café – sentimental, como todos os espanhóis –, já engatilhando o revólver, entre lágrimas, persuade o colega:

– Beba, beba, que essa é a última xícara de café de sua vida.

O fim de um dos generais é certo.

Só no México pode haver histórias assim, como a do general Blancha, que posteriormente me foi contada já na Laredo[34] americana. Blancha tomou cidades na companhia de dez camaradas, galopando montanhas com uma manada de milhares de cavalos. A população da cidade debandava e se rendia, imaginando um destacamento de milhares, pensando, com razão, que cavalos sozinhos não tomariam uma cidade de jeito nenhum. Mas os cavalos tomavam, porque Blancha os guiava. Blancha era inatingível, ora amigo dos americanos contra mexicanos, ora dos mexicanos contra americanos.

---

34. Cidade na fronteira do México e dos Estados Unidos; o rio fronteiriço a divide em duas partes – a mexicana e a americana.

MÉXICO

Foi pego através de uma mulher. Uma beldade enviada às ocultas o atraiu para o lado mexicano e em uma taverna deu algum sonífero para ele e seu camarada. Algemaram-no junto com o camarada e jogaram os dois, algemados, em um rio que dividia as duas Laredos, disparando dos barcos com Colts.

Voltando a si por causa do frio, o gigante fortão Blancha conseguiu romper as algemas, mas o camarada imobilizado o puxou. Somente depois de alguns dias resgataram seus corpos.

Essas pessoas, destacamentos e partidos entrechocantes emitem idéias feito faíscas.

Mas uma idéia une todos: a sede de libertação, o ódio pelo escravizador, pelo "gringo" cruel, que fez do México uma colônia, amputando-lhe metade do território para os americanos (assim existem cidades que têm uma metade mexicana, e outra metade americana) –, uma carnificina perpetrada por 130 milhões de reses, que esmagou um povo de 12 milhões de pessoas.

"Gachupín" e "gringo" são os dois palavrões mais pesados do México.

"Gachupín" é espanhol. Em quinhentos anos, desde a época da invasão de Cortés, essa palavra se extinguiu, abrasou-se, perdeu a pungência.

Mas "gringo" até hoje soa como uma bofetada (quando tropas americanas invadiram o México, elas cantavam:

Grin-go
he rushes off...

uma velha canção soldadesca, a primeira palavra reduzida a palavrão).

Um caso: um mexicano de muletas. Anda ao lado de uma mulher. Inglesa. Um transeunte olha para a inglesa e berra:
– Gringo!

O mexicano largou a muleta e sacou o Colt.
— Engula essas suas palavras, seu cachorro, ou vou furá-lo aqui mesmo.

Meia hora de desculpas para amenizar essa ofensa horrível, imerecida. Com certeza não é de todo correta a identificação das idéias de "todo americano" e "explorador" nesse ódio em relação ao gringo. A compreensão errônea e perniciosa de "nação" paralisou a luta dos mexicanos reiteradamente.

Os comunistas mexicanos sabem que:

500 tribos mexicanas são indigentes,
enquanto um saciado,
               com uma só língua,
com uma mão espreme o limão,
tranca sozinho a fechadura.

Cada vez mais a classe trabalhadora do México entende que apenas os camaradas de Moreno sabem para onde dirigir o ódio nacional, para que outro tipo de ódio transferi-lo.

Não se pode
    na luta
        dividir-se em tribos.
Pobre com pobre
        lado a lado,
Voe
    pela terra
        do país dos mexicanos
o grito que aproxima
        "Camarada"!

Cada vez mais a classe trabalhadora entende (a manifestação de 1º de Maio é a prova) o que fazer para que os exploradores americanos derrubados não sejam substituídos por nacionais.

Arranque
        da corcunda
                dos pançudos* o peso,
asteca,
        crioulo
                e mestiço.
Rapidinho,
        sobre a melancia mexicana,
desfralde a bandeira rubra.

Chamam a bandeira mexicana de "melancia". Há uma lenda: o destacamento de rebeldes, detonando uma melancia, pensava nas cores nacionais. A necessidade de deslocamento rápido não deixava muito tempo para refletir.

– Vamos criar uma bandeira: uma melancia – decidiu o destacamento avançado.

E aconteceu: verde, branca, vermelha – casca, entrecasca, polpa.

Fui embora do México a contragosto. Tudo aquilo que descrevi é realizado por pessoas extraordinariamente hospitaleiras, extraordinariamente gentis e amáveis.

Até Jesús, um menino de sete anos, que corria atrás de baganas, respondia sempre a mesma coisa à pergunta sobre seu nome:

– Jesús Pupito, seu criado.

O mexicano, quando dá o próprio endereço, nunca diz: "Aqui está meu endereço". O mexicano participa: "Sinta-se como se estivesse em casa".

Quando convida a sentar no auto, fala: "Sente-se em seu próprio automóvel".

E as cartas, mesmo que não sejam para uma mulher próxima, são assinadas: "Beijo seus pés".

---

* Palavra pejorativa, presente em *Mistério-bufo* – burguês, burguesada. (N. de T.)

Se você elogiar alguma coisa na casa de alguém, vão embrulhá-la para você num pedacinho de papel. O espírito extraordinário e a hospitalidade me afeiçoaram ao México.

Ainda quero voltar para o México, e, com o camarada Jaiquiz[35], percorrer o caminho que nos foi apontado por Moreno: de Cidade do México a Veracruz; de lá, dois dias de trem para o sul, um dia a cavalo – e então para a intransitável floresta tropical, com papagaios sem sorte para tirar e macacos sem coletes*.

---

35. Secretário-geral da representação plenipotenciária soviética no México naquela época.
* No circo russo os macacos usam coletes; Maiakóvski refere-se a macacos não adestrados, selvagens. Os "papagaios sem sorte para tirar" referem-se às aves usadas em realejos. (N. de T.)

NOVA YORK

Nova York. – Moscou. Isso é na Polônia? – perguntaram-me no consulado americano do México.
– Não – respondi –, isso é na União Soviética.
Nenhuma reação.
Concederam o visto[1].
Mais tarde fiquei sabendo que, se um americano só afina ponta de agulha, então ele conhece esse assunto melhor do que todo mundo, mas pode nunca ter ouvido falar de buraco de agulha. O buraco da agulha não é sua especialidade, e ele não tem necessidade de conhecê-lo.
Laredo – fronteira com os Estados Unidos*.

---

1. Jaiquiz lembrou posteriormente: "Maiakóvski conseguiu receber o visto para os Estados Unidos, convencendo o consulado de que era um mero trabalhador publicitário do Mosselprom e 'Resinotrest' (Cf. *Jornal Literário*, Moscou, 26, 4 mar. 1934)".

* Em 1840, Laredo era a capital da República do Rio Grande, independente, em rebelião contra a ditadura de Antonio López de Santa Anna. Foi restituída ao México pelos militares. (N. de T.)

Fico um longo tempo explicando os objetivos e o caráter de minha ida, em uma língua arranhada (simplesmente estilhaços) meio afrancesada, meio inglesada.

O americano escuta, cala, pondera, não entende e, no fim, dirige-se em russo:

– Você é um judeuzinho*?

Fiquei boquiaberto.

O americano não continuou o papo porque faltavam outras palavras.

Esforçou-se e depois de uns dez minutos soltou:

– Grão-russo?

– Grão-russo, grão-russo –, alegrei-me, ao detectar no americano a ausência de inclinações ao pogrom. Puro interesse de formulário. O americano refletiu e proferiu mais uma vez depois de dez minutos:

– Vá para a comissão.

Um *gentleman*, até aquele momento um passageiro à paisana, vestiu um casquete** formal e revelou-se policial da imigração.

O policial me enfiou com minhas coisas em um automóvel. Chegamos a uma casa, entramos, havia um homem sem casaco nem colete sentado debaixo da bandeira estrelada.

Atrás do homem havia outros quartos com grades. Em um deles, colocaram-me com minhas coisas.

Tentei sair, empurraram de volta com patadas para todos os lados.

Meu trem nova-iorquino apitou não muito longe.

Estou sentado há quatro horas.

Vieram e perguntaram em que língua eu me explicaria.

Por timidez (que vergonha não saber nenhuma outra língua) designei o francês.

Levaram-me para um quarto.

---

* Termo de conotação pejorativa. (N. de T.)
** Tipo de quepe, barrete usado antes da revolução. (N. de T.)

Quatro fulanos ameaçadores e o francês tradutor.

Eu podia reconhecer conversas francesas simples sobre chá e pãezinhos, mas não entendi bulhufas do que o francês me dizia e me agarrei à última palavra de forma convulsiva, esforçando-me em penetrar intuitivamente o sentido oculto.

Enquanto eu me esforçava, o francês intuiu que eu não entendia nada, os americanos deram de mão e me levaram de volta.

Depois de ficar mais duas horas sentado, encontrei no dicionário a última palavra do francês.

Era: Juramento.

Eu não sabia fazer juramento em francês e por isso esperava até que encontrassem um russo.

Depois de duas horas o francês veio, agitado, e me consolou.

– Achamos um russo. *Bon garçon*[2].

Os mesmos fulanos. O tradutor era um judeu magricela fleumático, dono de uma loja de móveis.

– Preciso fazer um juramento – cortei, tímido, para puxar conversa.

O tradutor, indiferente, deu de ombros:

– Então fale a verdade, se não quiser mentir, mas, se tiver vontade de mentir, então não fale a verdade, tanto faz.

É uma opinião razoável.

Comecei a responder as centenas de perguntas do formulário: o sobrenome de solteira da mãe, a origem do avô, o endereço do liceu etc. Coisas totalmente esquecidas!

O tradutor era uma pessoa influente, e naturalmente gostou de mim, já que eu matava as saudades do russo.

Enfim: permitiram que eu ficasse no país durante seis meses como turista, sob fiança de quinhentos dólares.

Depois de meia hora, toda a colônia russa já acorria para me ver e me disputar, surpreendendo-me pela hospitalidade.

---

2. *Bon garçon* (francês): bom rapaz.

O dono de uma pequena sapataria, fazendo-me sentar em uma cadeira baixa para provas, demonstrava moldes de botinas, trazia água bem gelada e alegrava-se:
O primeiro russo em três anos! Três anos antes o sacerdote esteve de passagem com as filhas*; a princípio xingava, mas depois (arranjei que suas duas filhinhas dançassem no *chantant***) disse: "Mesmo sendo um judeuzinho, você é uma pessoa simpática; ou seja, há consciência em você, uma vez que ajeitou as coisas para o *bátiuchka****".

Um vendedor de roupa-branca me pegou de jeito, vendeu duas camisas por dois dólares a preço de custo (um dólar – a camisa, um – a amizade); depois, empolgado, atravessou toda a cidadezinha me levando para sua casa e me fez beber uísque sem gelo do único copo, usado para fazer bochecho nos dentes – manchado e empestado de odol[3].

Primeiro contato com a lei seca americana contra a bebida – *prohibition*. Voltei depois à loja de móveis do tradutor. Seu irmão desprendera o barbantinho com o preço do melhor sofá verde de pelúcia da loja, e ele mesmo estava sentado em um outro de couro, em frente, com etiqueta: 99 dólares 95 centavos (subterfúgio comercial, para que não fosse "cem").

Nesse momento entrou um quarteto de judeus tristes: duas moças e dois rapazes.

– Espanhóis – apresenta o irmão, com censura –, de Vínitza**** e Odessa. Ficaram dois anos em Cuba à espera de visto. No fim, confiaram em um argentino – que se encarregaria de transportá-los por 250 dólares.

---

* Na igreja ortodoxa russa, os sacerdotes podem se casar. (N. de T.)
** Café ou restaurante com palco para apresentação de artistas, que executam canções ou danças de caráter leve, divertido e muitas vezes frívolo. (N. de T.)
*** Forma de tratamento respeitosa para padres e curas. (N. de T.)
3. Marca de dentifrício.
**** Lugarejo na União Soviética (atualmente no território da Bielorússia, tipicamente judaico). (N. de T.)

NOVA YORK

O argentino era bem-apessoado e segundo o passaporte tinha quatro crianças viajantes. Argentinos não precisam de visto. O argentino transportou para os Estados Unidos quatrocentas ou seiscentas crianças – e eis que foi pego com a sexcentésima primeira, a segunda, a terceira e a quarta. O espanhol está sentado, firme. Pessoas desconhecidas já depositaram cem mil dólares no banco para ele – ou seja, é graúdo. E o irmão assumiu a responsabilidade por essas pessoas, só que à toa – serão multadas e deportadas de qualquer maneira. Apesar de ser graúdo, esse industrial é íntegro. Mas também há muitos miúdos que por cem dólares se encarregam de fazer passar da Laredo mexicana para a americana. Vão pegar cem, levar até a metade e depois afogar.

Muitos emigraram diretamente para o outro mundo.

Essa é a última história mexicana.

A história do irmão sobre o irmão, fabricante de móveis, é a primeira americana. O irmão vivia em Kichiniov. Quando ele fez 14 anos, ouviu falar que as mulheres mais bonitas estão na Espanha. O irmão fugiu aquela mesma noite, porque era das mulheres mais bonitas que ele precisava. Mas só conseguiu chegar a Madri quando tinha 17 anos. Em Madri não havia mais mulheres bonitas do que em qualquer outro lugar, mas elas olhavam para o irmão até menos do que as boticárias* de Kichiniov. O irmão se ressentiu e concluiu com justeza que, para o resplendor dos olhos espanhóis se voltar para ele, precisava de dinheiro. O irmão foi para a América com mais dois errantes, e ainda por cima com um único par de botinas para todos os três. Embarcou em um vapor, não no certo, mas no que conseguiu embarcar. Na chegada, a América de repente era a Inglaterra, e o irmão ficou em Londres por engano. Em Londres os três descalços recolhiam bitucas, os três famintos faziam novas baganas do tabaco bitucado, e depois

---

* Qualquer um, pessoa sem estudo. (N. de T.)

um deles (cada qual no seu turno), calçando as botinas, comerciava na rua ao longo do cais. Após alguns meses o comércio de tabaco se ampliou para além dos limites bituqueiros das baganas, o horizonte se ampliou até se entender onde ficava a América e a prosperidade – até botinas próprias e até passagens de terceira classe para um tal de Brasil. No caminho ganhou uma soma qualquer no jogo de cartas, no vapor. No Brasil, com o comércio e o jogo, ele avultou essa soma até milhares de dólares.

Então o irmão pegou tudo o que tinha e se dirigiu para as corridas, deixando o dinheiro em um totalizador. A égua negligente se arrastava morosa no fim da fila, pouco se lixando com o irmão que ficou depenado em 37 segundos. Depois de um ano o irmão foi para a Argentina de um salto, comprou uma bicicleta e desdenhou para sempre da natureza viva.

Pegando a manha da bicicleta, o incansável habitante de Kichiniov meteu-se com corridas de bicicleta.

Para ser o primeiro, viu-se obrigado a pegar um pequeno atalho pelo passeio – um minuto foi ganho, mas em compensação uma velha distraída foi derrubada fortuitamente no fosso pelo corredor.

Como resultado foi obrigado a dar todo o primeiro grande prêmio para a vovó amarrotada.

De desespero, o irmão partiu para o México e decifrou a descomplicada lei do comércio colonial – um aumento de 300%: 100% pela ingenuidade, 100% pelas despesas e 100% pelo viciado pagamento em prestações.

Depois de juntar outra vez algum dinheirinho, atravessaram para o lado americano, que abriga qualquer tipo de ganho.

Aqui o irmão não se atola em negócio algum; em vez disso, compra uma fábrica de sabão por 6 e revende por 9 mil. Ele pega uma loja e revende, farejando a falência um mês antes. Agora, ele é a personalidade mais respeitada da cidade: é presidente de uma dezena de sociedades beneficentes, e quando veio Pávlova* ele pagou trezentos dólares por um jantar.

– Lá vai ele – apontou um contador de histórias na rua, admirado. O irmão voava em um automóvel novo, testando-o de todos os jeitos; vendia seu carro por sete e lançava-se sobre esse de doze.

Na calçada um homem se postava servil, sorrindo, para que vissem as coroas de ouro, e seguia com os olhos, passeava-os pelos carros.

– É um jovem vendedor de armarinho – explicaram-me. – Está aqui com o irmão há apenas quatro anos, e já foi duas vezes a Chicago comprar mercadorias. Enquanto o irmão (uma nulidade, um grego** qualquer) só sabe escrever poesia, até lhe arranjaram emprego de professor na cidade vizinha, mas tanto faz, de nada servirá.

Alegre de encontrar um russo, meu novo conhecido me conduzia pelas ruas de Laredo com fantástica cordialidade.

Ele corria à minha frente, abrindo portas, me deu de comer, um almoço bem demorado, padecia diante da primeira alusão a pagamento de minha parte, levou-me ao cinema, olhava somente para mim, alegrando-se se eu dava risada – tudo isso sem ter a menor idéia a meu respeito, somente por causa de uma palavra – moscovita.

Fomos para a estação por ruas escaldantes e vazias – por elas, como sempre nas províncias, a imaginação administrativa tinha livre curso. No asfalto (o que eu nunca havia visto nem em Nova York), faixas brancas indicavam exatamente o lugar de passagem dos cidadãos, enormes setas brancas davam o sentido para multidões e automóveis inexistentes, e pela travessa interditada por ruas

---

* Quando de sua ida a Londres, emigrando, depois, para a Inglaterra. (N. de T.)
** Pessoa de estrato social baixo. (N. de T.)

esvaziadas foi cobrada uma multa de quase cinqüenta rublos. Na estação entendi todo o poderio do irmão moveleiro. De Laredo a Santo Antônio acordam os passageiros a noite inteira para pedir passaportes em busca de desertores desautorizados. Mas fui apresentado ao comissário, e passei a primeira noite americana plácido, inspirando respeito aos negros dos vagões *Pullman*[4].

De manhã, a América passava rolando, veloz; o expresso apitava, sem parar, voando e sugando água com a tromba num piscar de olhos. Ao redor, caminhos brilhantes como espelhos, formigando de fords, algumas construções de fantástica técnica. Nas estações divisavam-se casas texanas de caubói com mosquiteiros nas janelas, sofás e redes nos enormes terraços. Estações de pedra, cortadas exatamente ao meio: metade para nós, brancos, metade para negros, *for negroes*, com suas próprias cadeiras de madeira, próprio caixa – e ai de quem mesmo sem querer se meter no lado alheio!

Os trens corriam adiante. Do lado direito se levantava um aéreo, sobrevoava para a esquerda, levantava-se outra vez, atravessando o ar de salto ao longo do trem, voando novamente pela direita.

São aeroplanos americanos que guardam as fronteiras.

Aliás, quase os únicos que vi nos Estados Unidos.

Outros só vi nas propagandas noturnas nas corridas de aéreos de três dias sobre Nova York.

Por mais estranho que pareça, a aviação aqui é proporcionalmente pouco desenvolvida.

As poderosas companhias ferroviárias saboreiam e inclusive utilizam catástrofes aéreas como propaganda contra vôos.

Foi assim com a aeronave *Shenandoah*[5], rebentada ao meio (já em minha estada em Nova York), quando 13 pessoas se salva-

---

4. Tipo especial de vagão, cujo nome deriva do sobrenome Pullman, proprietário das grandes fábricas construtoras de vagões dos Estados Unidos.

5. Grande dirigível americano, vitimado em catástrofe no dia 3 de setembro de 1925, quando de um furacão.

ram, mas 17 se espatifaram no solo junto com uma salada russa de invólucro e cabos de aço. E isso porque nos Estados Unidos praticamente não há passageiros para os vôos.

Pode ser que só agora estejamos às vésperas da América alada. A Ford produziu seu primeiro aeroplano e o colocou na loja *Wanamaker*, em Nova York – ali onde há muitos anos foi exposto o primeiro fordinho.

Os nova-iorquinos invadem a cabine, puxam a cauda, acariciam as asas – mas o preço de 25 mil dólares ainda força o grande consumidor a se afastar. E enquanto isso os aeroplanos decolavam até Santo Antônio, depois passavam por autênticas cidades americanas. Surgiu e desapareceu o Volga americano – o Mississipi –; fiquei abismado com a estação em Saint Louis, e a autêntica eletricidade diurna, publicitária, nada poupada, nem economizada, irradiava nos clarões dos arranha-céus de vinte andares da Filadélfia.

Isso foi um arroubo, para que eu não me deslumbrasse com Nova York. Ainda mais surpreendente do que a natureza retorcida do México com plantas e pessoas, Nova York estonteia com suas construções e técnicas empilhadas surgindo à tona do oceano. Adentrei Nova York por terra, só dei de cara com uma estação, mas, apesar de ter me acostumado com a passagem de três dias pelo Texas, assim mesmo os olhos saltaram.

O trem voa muitas horas pela margem do Hudson, a uns dois passos da água. Por ali, outras estradas junto ao mesmo pé das montanhas dos Ursos. Vapores e vaporzinhos avançam em profusão. Pontes saltam o trem mais amiúde. As janelas dos vagões encobrem muros ininterruptos – docas de vapores, estações de carvão, instalações elétricas, fundições de aço e fábricas de medicamentos. A uma hora da estação, entra-se em uma ininterrupta profusão de chaminés, telhados, muros de dois andares, vigas de aço da estrada de ferro aérea. A cada passo aumenta um andar acima do telhado. No fim as casas se erguem por pequenas paredes de poços com janelas quadradas, quadradinhas e em forma de ponto. De nada adianta esticar o pescoço – não há vértices. Por isso a gente se sente ainda mais apertado, como se a bochecha estivesse rente a uma pedra. Desnorteado, você se abaixa no banco – não há esperança, os olhos não se acostumaram a ver isso; sobrevém a estação – *Pennsylvania Station*.

Na plataforma não há ninguém, exceto negros carregadores. Elevadores e escadas para cima. Em cima, alguns andares de galerias, balcões com massas de transeuntes que se encontram e se despedem, lenços abanando.

Os americanos calam (ou pode ser só impressão, por causa do estrépito das máquinas), e sobre eles megafones e rádios buzinam sobre partidas e chegadas.

A eletricidade ainda bifurca e trifurca azulejos brancos, que ladrilham as galerias e passagens sem janelas, entrecortadas por guichês de informação, com fileiras inteiras de caixas comerciais e lojas que nunca fecham – desde sorvetes e lanches até louças e móveis.

É difícil alguém imaginar de forma nítida e por inteiro todo esse labirinto. Se você vai resolver algum assunto em um escritório, localizado a umas três verstas do *downtown* – na Nova York dos bancos, dos negócios, em algum 53º andar do *Woolworth Building* e você é feito coruja – nem vai precisar aparecer à superfície. Aqui mesmo, sob o solo, você embarca no elevador da estação, e ele levanta vôo para o vestíbulo do *Pennsylvania Hotel*, com dois milhares de tudo quanto é tipo de quarto.

Tudo de que um cidadão comerciante precisa: correios, bancos, telégrafos, diversos produtos – encontra-se de tudo aqui, sem sair dos limites do hotel.

Aqui mesmo estão sentadas algumas mamães ousadas com filhas certinhas.

Vá dançar. Barulho e fumaça de tabaco, como no intervalo longamente esperado de um teatro colossal depois de demorada peça entediante.

O mesmo elevador o faz baixar ao metropolitano (*subway*); pegue o expresso, que corta incrivelmente mais verstas do que o trem. Salte bem no prédio aonde você precisa ir. O elevador o aparafusa no andar necessário sem qualquer saída para a rua. Esse mesmo caminho o desparafusa de volta para a estação, sob o céu-teto da estação Pensilvânia, sob o céu azul, ao longo do qual já rutilam as Ursas, Capricórnio e as demais astronomias. Um americano recatado pode ir para sua casa no trem que passa a cada minuto, para o sofá-cadeira de balanço da *datcha*, sem olhar para a Nova York sodômica e gomôrrica[6].

Ainda mais surpreendente é a estação *Grand Central*, com alguns quarteirões elevados.

O trem voa pelo ar na altura de três, quatro andares. Uma locomotiva a vapor fumarenta é trocada por uma locomotiva elétrica que não cospe, limpinha – e o trem se lança debaixo da terra. Por 15 minutos, ainda faíscam debaixo de você grades cobertas de verde dos clarões da aristocrática e calma *Park Avenue*. Depois também isso acaba, e prolonga-se por meia hora a cidade subterrânea com milhares de abóbadas e túneis negros, sombreados de trilhos brilhantes; demorado ressoa e pende cada zumbido, sonido, silvo. As brilhantes barras brancas tornam-se ora amarelas, ora vermelhas, ora verdes por causa dos variáveis semáforos. Por todas as direções, o aparente enovelamento dos trens, estrangulado pelas abóbadas. Dizem que nossos emigrantes, quando chegaram do calmo Canadá russo[7], a princípio olhavam perplexos pela janela, mas depois começavam a esganiçar e berrar:

---

6. A expressão "Sodoma e Gomorra" (dos nomes das míticas cidades bíblicas) tornou-se comum para designar desordem extrema, depravação, tumulto e assim por diante. (N. de E.)
7. Há muita gente natural da União Soviética no Canadá. (N. de E.)

– Já era, mano, botaram a gente vivo na cova, como é que vamos sair daqui? Chegamos.

Sobre nós, andares de instalações da estação; debaixo de salas, andares de serviços; ao redor, ferrovia a perder de vista, e embaixo de nós mais *subways* subterrâneos de três andares. Em um dos folhetins do *Pravda*, o camarada Pomorski[8] ridicularizou cético as estações de Nova York e citou os cercados berlinenses – Zoo e Friedrichstrasse.

Não sei que assuntos pessoais tinha o camarada Pomorski com as estações nova-iorquinas, não sei nem detalhes técnicos, comodidades nem capacidades de tráfego, mas aparentemente – pela paisagem, pela sensação urbana – as estações nova-iorquinas têm uma das vistas mais altivas do mundo.

Amo Nova York na monótona trivialidade outonal.

Seis da manhã. Trovoada e chuva. Está escuro e ficará escuro até o meio-dia.

Você se veste com eletricidade, nas ruas – eletricidade, nas casas – eletricidade, com janelas exatamente recortadas, como molde de anúncios publicitários. O desmedido das casas e os coloridos semáforos intermitentes, movimentos que se bifurcam, trifurcam, multiplicam-se em dez no asfalto lambido pela chuva até se tornar espelho. Nas estreitas gargantas das casas, na chaminé, uiva um vento aventureiro, estrepita e arranca placas, tenta dar uma rasteira e escapa impune, ninguém o retém, através das verstas de uma dezena de *avenues* que cortam Manhattan (a ilha de Nova York) na longitudinal – do oceano em direção ao Hudson. Das laterais uivam baixinho para a trovoada infinitas vozes das gargantas das *streets*, como filetes que cortam Manhattan na transversal, de água a água. Debaixo dos alpen-

---

8. Referência às anotações de viagem de I. Pomorski, "Como chegamos a Nova York" (*Pravda*, Moscou, 206, 10 set. 1925).

dres – e, quando não chove, simplesmente pelas calçadas –, pilhas de jornais frescos largadas, entregues mais cedo por caminhões e espalhadas aqui por vendedores de jornais.

Nos pequenos cafés, solteiros ligam a máquina de seus corpos, metem na boca o primeiro combustível – o copo apressado de café asqueroso e a *búblik** ensopada de óleo, que, agorinha mesmo, em centenas de exemplares, a máquina de fazer *búblik* joga no caldeirão de gordura fervente e cospe.

Antes do nascer do sol, jorra para baixo um contínuo fluxo de carne humana – uma massa preto-lilacínea de negros, que executam os trabalhos mais pesados, sombrios. Depois, lá pelas sete, brancos, ininterruptamente. Às centenas de milhares, eles vão para uma mesma direção, para os locais de trabalho. Apenas capas impermeáveis amarelas e alcatroadas assobiam e ardem na eletricidade como inúmeros samovares, encharcados, e não podem se extinguir nem debaixo de tanta chuva.

Ainda quase não há automóveis, táxis.

A multidão jorra, inundando fins de mundo subterrâneos, se sobressai nas passagens cobertas das ferrovias aéreas, voando pelo ar em dois níveis de altura, com expressos aéreos que quase não param, em três níveis paralelos, e com trens locais que param a cada cinco quarteirões.

Essas cinco linhas paralelas se propagam pela 5ª *Avenue*, em uma altura de três andares, lá pela 120ª rua escalam até o oitavo ou nono andar – e então elevadores levantam vôo com novos passageiros, que entram direto das praças e das ruas. Nada de bilhetes. Coloca-se em um cofre-caixa alto, com pedestal, uma moeda de cinco centavos, logo aumentada pela lupa e à mostra para um trocador sentado na cabine, que evita falcatruas.

Cinco centavos – e percorra qualquer distância, mas a direção é uma só.

---

* Rosca em forma de argola. (N. de T.)

Vigas e pavimentos de caminhos aéreos amiúde jazem em uma cobertura contínua por toda a extensão da rua, e não se vê nem céu, nem casas laterais, apenas o estrépito dos trens na cabeça e o estrépito das cargas bem no nariz, estrépito que realmente não deixa entender patavina, e, para não desaprender a mexer os lábios, só resta mascar silencioso a goma de mascar americana, *chewing gum*.

O melhor de tudo em Nova York é de manhã e debaixo de tempestade – então não há vivalma, não sobra nada. Somente os operários do grande exército do trabalho da cidade de dez milhões.

A massa trabalhadora se espalha pelas fábricas de roupas masculinas e femininas, pelos novos túneis saracoteantes dos metrôs, pela infinidade de serviços portuários – e lá pelas oito as ruas se enchem de uma infinidade de moças descarnadas, mais asseadas e cuidadas, com uma avassaladora mistura de penteados, joelhos descobertos, meias enroladas – funcionárias de escritórios, de chancelarias, de lojas. Esparramam-nas por todos os andares dos arranha-céus do *downtown*, pelas laterais dos corredores, aos quais conduz a entrada principal de dezenas de elevadores.

Uma dezena de elevadores de comunicação local com parada em cada andar e uma dezena de expressos – sem paradas até o 17º, até o vigésimo, até o trigésimo. Relógios originais mostram-lhe o andar no qual o elevador está agora – lâmpadas indicam vermelho e branco para baixo e para cima.

E, se você tem dois assuntos – um no sétimo, o outro no 24º andar –, pegue o elevador da área (*the local*) até o sétimo, e daí em diante, para não perder seis minutos inteiros, mude para o expresso.

Até uma hora as máquinas batem, as pessoas suam sem paletós, colunas de cifras crescem nos papéis.

Se você precisa de um escritório, não tem por que quebrar a cabeça pensando na sua organização.

Ligue para qualquer prédio de trinta andares.
– Alô! Prepare até amanhã um escritório de seis salas. Inclua doze datilógrafas. A placa – "Grande e famoso comércio de ar comprimido para submarinos do Oceano Pacífico". Dois *office boys* de uniforme curto marrom, chapéu com fitas estreladas e doze mil folhetos com o nome supracitado.
– *Goodbye*.
Amanhã você pode ir ao seu escritório, e seus meninos de recado vão saudá-lo entusiasmados:
– *How do you do, mister* Maiakóvski.
À uma o intervalo: uma hora para os funcionários e uns 15 minutos para os operários.
Almoço.
Cada um almoça conforme o salário semanal. Os de 15 dólares compram lanche seco que custa um níquel e o roem com toda a aplicação dos jovens.

Os de 35 dólares vão a uma enorme taverna mecânica, enfiam cinco centavos, apertam um botão, cai na xícara uma porção exata de café, e mais dois, três níqueis abrem nas estantes enormes, cheias de comida, uma das portinhas de vidro onde estão os sanduíches.

Os de sessenta dólares comem *blini* cinza com melaço ou omelete branco no infinitamente branco como banheiro *Childsam*, café no *Rockfeller*.

E os de cem dólares ou mais vão para restaurantes de todas as nacionalidades – chinês, russo, assírio, francês, indiano –, de tudo menos americanos insalubres que prometem colite na carne em conserva da Armour, guardada quase desde o tempo da guerra pela liberdade[9].

Os de cem dólares comem devagar, eles podem até se atrasar para o serviço, e quando saem deixam frasquinhos de uís-

---
9. Referência à guerra pela independência dos Estados Unidos em relação à Inglaterra (1775–1783).

que de oitenta graus trazido como acompanhamento embaixo das mesas. O outro frasco de vidro ou de prata amassado e que pegou a forma arredondada da nádega está no bolso traseiro como uma arma de amor ou de amizade tal qual o Colt mexicano.

Como come o operário?

O operário come mal.

Não vi muitos, mas aqueles que vi até que ganham bem; no intervalo de 15 minutos têm tempo para engolir seu almoço seco perto da máquina ou em frente dos muros da construção.

O código de leis trabalhistas com uma sala obrigatória para alimentação ainda não se estendeu até os Estados Unidos.

Em vão você vai procurar em Nova York a organização, o método, a rapidez, o sangue-frio caricaturesco e glorificado na literatura.

Você verá uma multidão de pessoas vagando pela rua sem mais o que fazer. Todo mundo vai parar e falar com você sobre algum assunto qualquer. Se levantar os olhos para o céu e ficar parado um minuto, você será rodeado por uma multidão dificilmente acalmada por policiais. O dom de se divertir com algo mais além da Bolsa me leva a fazer as pazes com a multidão nova-iorquina.

De novo trabalho até cinco, seis, sete da noite.

Das cinco até as seis é a hora mais tumultuosa, mais densa.

Os que acabaram o serviço ainda estão diluídos no meio de compradores, compradoras e meros flanadores.

Na concorrida 5ª *Avenue*, que divide a cidade ao meio, do segundo andar de centenas de ônibus rolantes, você vê dezenas de milhares de automóveis, cobertos pela chuva recém-derramada e agora brilhantes por causa do verniz, em umas seis ou oito fileiras, tentando escapar de ambos os lados.

A cada dois minutos, nas ruas, desligam-se as luzes verdes dos inumeráveis faróis policiais e acendem-se as vermelhas.

Então um fluxo automobilístico e humano se coagula por dois minutos, para deixar passar os que estão nas *streets* laterais.

Depois de dois minutos a luz verde se acende de novo nos faróis, enquanto a luz vermelha barra o caminho lateral para as esquinas das *streets*.

Nessa hora você gasta cinqüenta minutos para fazer o mesmo trecho que, de manhã, levaria um quarto de hora; já o pedestre precisa ficar postado dois minutos sem qualquer esperança de cruzar a rua de imediato.

Já atrasado para cruzar correndo, você vê a avalanche de carros que espera dois minutos encolerizada, mas se esquece das próprias convicções, esquivando-se da asa da polícia. (Asa é modo de dizer: na realidade, o belo braço de uma das pessoas mais altas de Nova York com um bastão muito pesado – o cassetete.)

Esse bastão nem sempre regula o movimento alheio. Às vezes (quando de alguma manifestação, por exemplo), ele é um meio de paralisação. Um belo golpe na nuca, e para você tanto faz – seja Nova York ou a Bielostok* tsarista, contavam-me camaradas.

Por volta das seis, sete, acende-se a Broadway – minha rua favorita, que, em meio a *streets* e *avenues* retas como grade carcerária, é a única caprichosa e insolente, enviesada. É mais difícil emaranhar-se em Nova York do que em Tula[23]. *Avenues* vão do norte para o sul; *streets*, do oeste para o leste. A 5ª *Avenue* divide a cidade ao meio, em *West* e *East*. É isso. Estou na 8ª rua, esquina com a 5ª *Avenue*, preciso ir até a 53ª, esquina com a 2ª, isso significa que perpassarei 45 quarteirões e dobrarei à direita, até a esquina com a 2ª.

Nem toda a Broadway de trinta verstas se acende, claro (aqui não se diz: entre e fique à vontade, nós somos vizinhos, ambos estamos na Broadway), mas há um trecho, da 25ª até a 50ª

---

* Lugarejo no nordeste da Polônia, próximo à Bielo-Rússia. (N. de T.)
** Cidade da Rússia, ao sul de Moscou. (N. de T.)

rua, especialmente a *Times Square*, que é o *Great White Way*, como dizem os americanos – o grande caminho branco.

De fato, ele é branco, e a sensação, de fato, é a de que fica mais iluminado nele do que durante o dia, como se o dia continuasse iluminado, e esse caminho fosse iluminado como o dia, mesmo que no pano de fundo houvesse uma noite negra. A luz dos postes de iluminação, a luz das lâmpadas ambulantes das propagandas, a luz do clarão das vitrines e janelas das lojas que nunca fecham, a luz das lâmpadas que iluminam enormes cartazes borrados, a luz fugidia das portas de cinemas e teatros que se abrem, a luz suporte de automóveis e *elevators*[10], a luz dos trens subterrâneos que faísca sob as pernas, nas janelas de vidro das calçadas, a luz das inscrições publicitárias no céu.

Luz, luz e mais luz.

Pode-se ler o jornal, até mesmo o do vizinho, até em língua estrangeira.

Também os restaurantes e a região dos teatros são iluminados.

São limpas as principais ruas e lugares onde vivem os donos ou aspirantes a dono.

O lugar para onde a maioria dos operários e trabalhadores é mandada, os pobres quarteirões de judeus, negros, italianos – na 2ª, na 3ª *Avenue*, entre a primeira e a trigésima ruas –, é incrivelmente mais sujo do que Minsk. E olha que Minsk é suja.

Há caixinhas com todo tipo de detritos, das quais indigentes selecionam ossos e restos não totalmente roídos. Charcos fétidos, tanto da chuva de hoje como da de anteontem, enregelam-se.

Papéis e coisas pútridas revolvem-se na altura do tornozelo – não de modo figurado, mas literal e real.

E olha que estou caminhando há quinze minutos, a cinco minutos da saída da brilhante 5ª *Avenue* e da Broadway.

Próximo ao cais é ainda mais escuro, sujo e perigoso.

---

10. Ferrovia urbana aérea.

De dia, esse é o lugar mais interessante. Aqui sempre há algum estrépito – ou trabalho, ou disparos, ou gritos. Guindastes que descarregam vapores estremecem a terra, por pouco não arrastam uma casa inteira da estiva pela chaminé. Piqueteiros fazem greve, não deixando fura-greves entrarem.

Hoje, 10 de setembro, a *union* nova-iorquina de marinheiros do porto declarou greve em solidariedade aos marinheiros grevistas da Inglaterra, Austrália e África do Sul, e no primeiro dia suspendeu-se o desembarque de trinta vapores enormes.

No terceiro dia, apesar da greve, Morris Hilkwit, um advogado rico, líder (dos mencheviques locais) do partido socialista, veio ao vapor *Majestic*, conduzido por fura-greves; então milhares de comunistas e membros do IWW[11] o vaiaram da margem e lhe atiraram ovos podres.

Alguns dias depois, dispararam aqui em um general – um repressor da Irlanda[12], que viera para algum congresso – e o levaram para uma região erma.

De manhã entram outra vez e descarregam nos inúmeros cais de inúmeras companhias, "La Franc", "Aquitania" e outros gigantes de 50 mil toneladas.

Por causa de locomotivas a vapor que entram com produtos diretamente para a rua, por causa de ladrões que lotam bodegas, as *avenues* contíguas aos cais aqui são chamadas "*avenues* da morte".

Daqui são fornecidos saqueadores *holdup*[13] para toda Nova York: para massacrar famílias inteiras em hotéis atrás de dólares; no *subway*, encurralar os caixas no canto do guichê de câmbio e

---

11. Abreviatura da organização sindical Trabalhadores Industriais do Mundo (Industrial Workers of the World).
12. Em 1916 inflamou-se uma insurreição na Irlanda, cruelmente suprimida por tropas inglesas.
13. *Holdup* (do "americano" *hold up*): saquear.

pegar a féria do dia, trocando os dólares para o público que passa e não desconfia de nada.

Se conseguirem pegá-los, é cadeira elétrica da prisão de Sing Sing. Mas também pode ser que se safem. Antes de roubar, o bandido vai ver seu advogado e avisa:

– Ligue para mim, *sir*, a tal hora em tal lugar. Se eu não estiver, significa que fui em cana e que precisa pagar fiança para me tirar.

As fianças são altas, mas os bandidos também não são pouca porcaria e não se organizam nada mal.

Verificou-se, por exemplo, que uma mesma casa, avaliada em duzentos mil dólares, já serviu de fiança de dois milhões, pagos para diferentes ladrões.

Nos jornais escreveram sobre um bandido que saiu 42 vezes da prisão pagando fiança. Aqui na *avenue* da morte são os irlandeses que operam. Em outros quarteirões, outros.

Negros, chineses, alemães, judeus, russos – moram em seus bairros com seus hábitos e línguas, conservando-se uma década em uma pureza nada miscigenada.

Em Nova York, sem contar os subúrbios, há um milhão e 700 mil judeus (aproximadamente),
um milhão de italianos,
500 mil alemães,
300 mil irlandeses,
300 mil russos,
250 mil negros,
150 mil polacos,
300 mil espanhóis, chineses, finlandeses.

Um quebra-cabeça: francamente, quem são esses americanos, e qual é sua porcentagem?

A princípio, durante um mês, fiz profundos esforços para falar inglês; quando meus esforços começaram a ser coroados de êxito, circunvizinhos – conhecidos e desconhecidos, chegados e afastados, atirados e reservados, o vendeiro, o leiteiro, o lavadeiro e até o policial – começaram a falar russo comigo.

Voltando à noite de *elevator*, você vê essas nações e quarteirões como que repartidos: na 125ª ficam os negros, na 90ª os russos, na 50ª os alemães e assim por diante, sem tirar nem pôr. À meia-noite, as pessoas que saem dos teatros bebem a última soda, tomam o último *ice-cream* e voam para casa à uma ou então às três, depois de ficar se esfregando no *foxtrot* ou na última moda do *charleston*[14] lá pelas duas. Mas a vida não cessa – assim como todas as espécies de lojas estão abertas e o *subway* e o *elevator* voam, você também pode ir ao cinema, aberto a noite toda, e dormir o quanto quiser, com seus 25 centavos.

Depois de chegar em casa, se for verão ou primavera, feche as janelas por causa dos pernilongos e mosquitos, lave ouvidos e narinas e pigarreie com a poeira dos cantos. Especialmente agora, quando a greve de quatro meses de 158 mil mineiros de carvão sólido desproveu a cidade de antracito e as chaminés das fábricas fumegam carvão fino, de uso geralmente proibido em cidades grandes.

Se você se arranhou, passe iodo: o ar nova-iorquino é empestado de tudo quanto é tipo de lixo, onde crescem terçóis e qualquer arranhão intumesce e supura e onde, apesar de tudo, vivem milhões que nada possuem e não podem fugir para lugar algum.

Eu odeio Nova York aos domingos: em frente, um funcionário qualquer de ceroula lilás levanta a cortina lá pelas dez. Pelo visto sem calças, senta-se próximo à janela com um exemplar de duas libras em uma centena de páginas – ou o *World*, ou o *Times*. Primeiro, em uma hora, lê a pitoresca seção em verso das propagandas de supermercados (da qual se forma a medíocre visão de

---

14. Dança de salão, em voga nos anos 1920.

mundo americana); depois das propagandas, dá uma olhada na seção de roubos e assassinatos.

Então o homem veste o paletó e as calças, sempre deixando a camisa para fora. Debaixo do queixo se enforca de uma vez por todas com o nó da gravata de uma cor híbrida de canário, incêndio e mar Negro. Vestido, o americano se esforça para ficar uma hora sentado com o dono do hotel ou o porteiro, nas cadeiras nos degraus baixos ao redor do edifício, ou nos bancos do parque escalvado ali perto.

A conversa gira em torno de quem foi à casa de quem à noite, por acaso não teria sido para beber, e então, caso tenham ido e bebido, será que tinham que delatá-los para que fossem expulsos e processados os prevaricadores e os bêbados?

Lá pela uma o americano vai almoçar onde almoçam pessoas mais ricas do que ele, e onde sua acompanhante vai se deixar deslumbrar e extasiar pela galinha de 17 dólares. Depois disso o americano vai pela centésima vez ao jazigo adornado com vidro colorido do general Grant[15] e de sua mulher; tirando as botas e o paletó, deita-se em um parque qualquer sobre uma folha já lida do *Times*, deixando fragmentos de jornal, papel de *chewing gum* e grama pisada como rastro para a sociedade e para a cidade.

Quem é mais rico já aguça o apetite para o almoço – dirigindo seu carro, acelera para os [carros] baratos, com desdém, e com inveja olha cobiçoso para os mais luxuosos e caros.

Com certeza provocam particular inveja nos americanos sem estirpe aqueles que possuem um brasão dourado de barão ou conde na porta do automóvel.

Se o americano passeia de carro acompanhado da mulher com quem almoçou, ele imediatamente a beija e exige que ela o beije. Sem esse "pequeno agradecimento" ele vai achar que gas-

---

15. Grant, Ulysses Simpson (1822–1885) – herói nacional dos Estados Unidos. Comandou as tropas do norte na época da Guerra Civil de 1861 a 1865; posteriormente foi presidente dos Estados.

tou dólares em vão pagando a conta e nunca mais irá a lugar algum de carro com essa mulher ingrata – e dessa mulher zombarão inclusive suas próprias amigas sensatas e comedidas.

Se o americano se automobiliza sozinho, ele (a moral e a castidade em pessoa) vai diminuir a marcha e parar diante de cada moça solitária e bonitinha que passar, arreganhar os dentes em um sorriso e convidá-la insistentemente para entrar no automóvel, revirando os olhos de maneira selvagem. A mulher que não entender a nervosidade dele vai ser qualificada de otária, incapaz de entender sua própria felicidade – a possibilidade de conhecer o proprietário de um automóvel de cem cavalos de força.

Um pensamento selvagem – considerar esse *gentleman* um esportista. Mais do que tudo ele só sabe dirigir (grande coisa), mas se quebrar não conseguirá nem sequer encher o pneu ou usar o macaco. Era só o que faltava – inumeráveis oficinas e postos de gasolina em todos os caminhos por onde passa fazem isso para ele.

Não acredito na esportividade da América de jeito nenhum. Dedicam-se ao esporte sobretudo ricas que não têm o que fazer.

É verdade que o presidente Coolidge, até quando viaja, recebe de hora em hora *releases* telegráficos sobre o andamento das competições de beisebol entre o time de Pittsburgh e o time de "senadores" de Washington; é verdade que há mais gente diante de boletins sobre o andamento das competições de futebol do que haveria em outro país diante de um mapa de operações militares logo após a guerra ter começado – mas isso não é interesse pelos esportistas, e sim interesse doentio pelo jogo de azar por parte daqueles que arriscaram seus dólares apostando nesse ou naquele time.

Mas se são saudáveis e corpulentos os futebolistas para os quais olham umas setenta mil pessoas do enorme circo nova-iorquino, esses setenta mil espectadores, em sua maioria, são pessoas miradas e franzinas, em meio às quais eu pareço Golias.

Os soldados americanos também deixam essa mesma impressão, salvo os recrutadores, que ficam vangloriando a vida bem-aventurada de soldado diante dos cartazes. Dá para entender por que na guerra passada esses jovens bem cuidados se recusavam a se meter em um vagão de carga francês (quarenta homens ou oito cavalos), exigindo um de luxo, de alta classe.

Os automobilistas e os mais ricos e refinados pedestres dirigem-se às cinco horas para o *five-o-clock*[16] iluminado ou à meia-luz.

O dono se abastece de garrafas de "gim" de marujo e de limonada *ginger ale*, mistura da época da *prohibition* que serve de champanhe americana.

Chegam moças com meias esticadas, estenógrafas e modelos.

Os jovens e o dono, logo que entram, atraídos pela sede de lirismo, mas pouco voltados para seus pormenores, gracejam tanto que até os ovos de páscoa escarlates* ficariam corados, e, perdendo o fio da meada, dão umas palmadas na coxa de uma mulher com tamanha naturalidade, como quando o conferencista perde o raciocínio e bate a bagana na cigarreira.

As mulheres deixam os joelhos de fora e calculam em pensamento quanto custa esse homem.

Para que o *five-o-clock* adquira um caráter casto e artístico, jogam pôquer ou vêem as últimas aquisições do dono em matéria de gravatas e suspensórios.

Depois vão para casa. Primeiro trocam de roupa, logo vão jantar.

As pessoas mais pobres (não pobres, mas mais pobres) comem melhor – os ricos, pior. Os mais pobres comem em casa,

---

16. Costume de tomar o chá às cinco da tarde.
* Os ovos de galinha pintados de várias cores são típicos da Páscoa russa. (N. da Ed. Bras.)

comida recém-comprada, comem com luz elétrica, percebendo precisamente o que está sendo engolido.

Os mais ricos comem em restaurantes caros alguma coisa estragada, apimentada, ou encalhada, em conserva; comem em uma semi-escuridão porque não gostam de eletricidade, mas de velas.

Essas velas me desbaratinam.

Toda a eletricidade pertence à burguesia, mas ela come à luz de tocos de vela.

Inconscientemente ela teme sua própria eletricidade.

Ela fica desconcertada como o feiticeiro que despertou espíritos e não pode com eles.

Essa é a mesma atitude da maioria também em relação à tecnologia.

Depois de criar o gramofone e o rádio, eles o atiram à *plebs*[17], falam com desdém, mas eles mesmos escutam Rakhmáninov[18], e, apesar de amiúde não o entenderem, fazem-no cidadão de honra de alguma cidade qualquer e lhe oferecem – em um escrínio dourado – ações de esgoto[19] de uns 40 mil dólares.

Depois de criar o cinema, eles o jogam fora, para o *demos*[20], mas eles mesmos disputam assinaturas para a ópera, onde a esposa do industrial McCormick, que possui uma quantidade bastante satisfatória de dólares para fazer tudo o que lhe der na telha, berra como um bezerro desmamado, dilacerando seus ouvidos. Mas, em caso de desatenção dos lanterninhas, lança-se-lhe uma maçã em decomposição ou um ovo podre.

E, se vão ao cinema, as pessoas "da sociedade" mentem descaradamente, dizendo que foram ao balé ou à *revue* de mulheres nuas.

---

17. Latim – povo simples.
18. Serguiéi Vladimírovitch Rakhmáninov (1873–1943) – famoso compositor e pianista russo; passou a última parte da vida nos Estados Unidos.
19. Ações da companhia proprietária da rede de esgoto.
20. Grego – aqui, o mesmo que *plebs*.

Os multimilionários correm com carros barulhentos; da 5ª *Avenue* atacada pelas multidões correm para fora da cidade, para recônditos lugares do campo ainda silenciosos.

— Não posso morar aqui de jeito nenhum — disse *miss* Vanderbilt[37] caprichosa, ao vender por 6 milhões de dólares seu palácio na esquina da 5ª *Avenue* com a 53ª —, não posso viver aqui, se em frente está a *Childs**; à direita, um padeiro; à esquerda, um cabeleireiro.

Depois da janta, para os abastados — teatros, concertos e revistas, onde a entrada para a primeira fileira para ver mulheres nuas custa dez dólares. Para os trouxas — passeio de automóvel enfeitado com faroletes pelo quarteirão chinês, onde mostrarão os costumeiros quarteirões e casas onde é bebido o chá mais costumeiro — só que não por americanos, mas por chineses.

Para um casal dos mais pobres — ônibus para *Coney Island* — Ilha de Diversões. Depois de longa viagem, você vai parar em montanhas-russas (para nós, americanas) sem fim, rodas-gigantes, teleféricos, barracas do Taiti, com danças e panos de fundo — fotografias da ilha, roda do diabo, que arremessa para fora os que sobem nela, piscinas para nadadores, passeio nos burrinhos — e tudo isso debaixo de tanta eletricidade que não caberia nem na mais brilhante exposição internacional parisiense.

Em barracas isoladas foram reunidas todas as aberrações mais asquerosas do mundo — a mulher barbada, o homem-pássaro, a mulher de três pernas e coisas do gênero —, criaturas que provocam verdadeiro êxtase nos americanos.

Aqui mesmo, em constante troca-troca, enfiam mulheres nuas, contratadas por uma ninharia, em um buraco, demonstrando uma escavação indolor com espadas; fazem outras sentarem em uma cadeira com alavancas e as eletrificam, até que do contato entre elas saiam faíscas.

---

21. Uma das maiores milionárias dos Estados Unidos.
* Galeria em Nova York. (N. de T.)

Nunca vi tamanha porcaria suscitar tanta alegria. *Coney Island* é o embuste das jovens americanas. Quantas pessoas se beijaram pela primeira vez nesses labirintos giratórios e decidiram definitivamente o pedido de casamento, em uma hora, no *subway*, durante a viagem de volta até a cidade! Esse carnaval ridículo parece ser a grande alegria da vida dos apaixonados nova-iorquinos.

Já de saída, achei melhor não ir embora do parque de diversões sem experimentar pelo menos uma atração. Para mim dava na mesma, fazer o quê, e comecei a atirar argolas em bonequinhos giratórios, melancólico.

Informei-me previamente sobre o preço da diversão. Oito argolas, 25 centavos.

Depois de atirar umas 16 argolas, estendi com distinção um dólar, calculando que receberia a justa metade de volta.

O comerciante pegou o dólar e pediu que eu lhe mostrasse meu troco. Sem desconfiar de nenhuma maldade, tirei do bolso uns três dólares em centavos.

O argoleiro arrancou o troco direto da minha palma para seu bolso, e, diante de meus brados indignados, segurou minha mão, exigindo que eu mostrasse cédulas. Espantado, puxei dez dólares que tinha comigo, os quais o insaciável divertidor surrupiou de imediato – e, só depois que eu e meus companheiros de viagem suplicamos, ele me entregou cinqüenta centavos para a volta.

Ao todo, segundo confirmação do proprietário do encantador joguinho, eu deveria ter atirado 248 argolas, ou seja, se consideramos até meio minuto para cada, ficaria tentando mais de duas horas.

Nenhuma aritmética ajudou, e minha ameaça de chamar a polícia foi-me respondida com o estrépito loquaz e longo de uma bela e saudável gargalhada.

A polícia deve ter se apropriado de umas quarenta argolas dessa quantia.

Mais tarde americanos me explicaram que eu tinha que dar uma bem no nariz daquele vendedor, antes mesmo que ele exigisse um segundo dólar.

Se nem assim lhe devolverem o dinheiro, pelo menos todos o respeitarão como um verdadeiro americano, um alegre "*attaboy*"[22].

A vida dominical termina lá pelas duas da madrugada, e toda a sóbria América, trançando as pernas satisfeita, vai para casa excitada, de um jeito ou de outro.

Os traços da vida nova-iorquina são difíceis. É mais fácil falar, de uma vez por todas, das coisas obrigatórias, batidas, sobre os americanos como: o país dos dólares, chacais do imperialismo e assim por diante.

Essa é apenas uma pequena cena do enorme filme americano.

O país dos dólares – disso qualquer estudante do primeiro grau sabe. Mas, além disso, se a gente imaginar aquela corrida de especuladores pelo dólar, que aconteceu conosco em 1919, na época da queda do rublo, ou o que aconteceu na Alemanha em 1922, na época do rumor do marco, quando milionários e multimilionários não comiam *bulka** de manhã, na esperança de que à tarde ela ficasse mais barata, então essa imagem será totalmente falsa.

Avaros? Não. O país que come milhões de dólares de sorvete por ano também pode receber outros epítetos.

Deus – dólar, dólar – pai, dólar – espírito santo.

Mas isso não é sovinice das pessoas, que acabaram se conformando com a necessidade de ter dinheiro e decidiram juntar um dinheirinho, para aproveitar o lucro, plantar margaridas no jardim e instalar luz elétrica nos galinheiros das queridas galinhas chocas. Até hoje os nova-iorquinos contam com prazer, mesmo depois de 11 anos, a história do caubói Damon Jim.

---
22. Da expressão: "What a boy!", "Isso é que é menino!".
* Típico pão branco russo. (N. de T.)

NOVA YORK

Depois de receber uma herança de 250 mil dólares, ele alugou um trem de luxo inteirinho, encheu-o de vinho, amigos e parentes, foi para Nova York, percorreu todos os bares da Broadway, torrou meio milhão de rublos de bens em dois dias e partiu em busca de seu *mustang*[23] sem nenhum tostão, no estribo sujo de um trem de carga.

Não! Há poesia na relação do americano com o dólar. Ele sabe que o dólar é a única força de seu país (e também de outros) burguês de 110 milhões de habitantes, e estou convencido de que, afora as propriedades do dinheiro que todos conhecem, o americano ama a cor verdinha do dólar de maneira estética, identificando-a com a primavera, e o tourinho[24] no oval, que lhe parece o retrato de um bebê bem fofo, símbolo de sua satisfação.

E o titio Lincoln no dólar, junto com a possibilidade de cada democrata vencer na vida, faz do dólar a melhor e a mais feliz página que a juventude pode ler. Ao encontrá-lo, o americano não diz para você um indiferente:

– Bom dia.

Ele grita simpático:

– *Make money*? (Você está fazendo dinheiro?*) – e continua.

O americano não diz, vagamente:

– Hoje você está mal (ou bem).

O americano vai direto ao ponto:

– Hoje você está parecendo dois centavos.

Ou:

– Você está com cara de um milhão de dólares.

Sobre você não vão dizer é um poeta, artista, filósofo, fazendo rodeios para que o ouvinte se perca em conjecturas.

O americano vai direto ao ponto:

– Essa pessoa vale um milhão e 230 mil dólares.

---

23. Cavalo selvagem das estepes da América.
24. Aqui: imagem no dólar.
* Tradução literal de Maiakóvski para "ganhar dinheiro". (N. de T.)

Assim se diz tudo: quem são seus conhecidos, onde o aceitam, para onde você vai no verão, e assim por diante.

O caminho que você escolheu para conseguir os seus milhões é indiferente na América. Tudo é *business*, negócio – tudo que o dólar cria. Recebeu uma porcentagem de um poema que se esgotou: *business*; roubou e não o pegaram: também.

Amestram-se para o *business* desde a infância. Pais ricos se alegram quando seu filho de dez anos, abandonando os livros, traz para casa o primeiro dólar, vendendo jornais.

– Ele será um verdadeiro americano.

A engenhosidade aumenta na atmosfera geral do *business*.

Nos *camps* infantis, nos acampamentos-internatos infantis de verão, onde enrijecem crianças com natação e futebol, era proibido xingar quando praticavam boxe.

– Como lutar sem xingar? – reclamavam as crianças, desoladas.

Um dos futuros *businessmen* atendeu a essa demanda.

Em sua barraca apareceu um anúncio:

– "Por um níquel ensino cinco palavrões russos; por dois níqueis, quinze."

Queriam aprender a xingar sem o risco de serem entendidos pelos professores – a barraca ficou lotada.

O feliz proprietário de palavrões russos regia de pé, no meio:

– Vamos lá, em coro: "trouxa"!
– Trouxa!
– Canalha!
– Não "canalho", mas "canalha".

Bateram por muito tempo no "filho-da-puta". Os americanos tapados diziam "filhou-da-pulta", mas o jovem e honesto *businessman* não queria engambelar passando adiante palavrões de baixa qualidade por uma bela quantia de dinheiro.

O *business* de adultos assume proporções épicas.

Há uns três anos, um candidato a um rentável cargo da prefeitura – *mister* Rigelman – precisava alardear para os eleitores algum intento altruísta. Decidiu construir um deque de madeira ao longo da margem para as pessoas que vão passear em *Coney Island*.

Os proprietários da região litorânea pediram uma enorme quantia de dinheiro – mais do que poderia dar o futuro cargo.

Rigelman desdenhou dos proprietários, com pedra e areia desviou o oceano, formou uma faixa de terra de 350 pés de largura e encravou três milhas e meia da margem com um tablado de tábuas ideal.

Elegeram Rigelman.

Depois de um ano, compensou os prejuízos com vantagem, vendendo, pistolão que era, todo o lado visível do seu empreendimento original para publicidade.

Se com a pressão indireta dos dólares é possível até ganhar cargo, glória, imortalidade, recebendo dinheiro direto no bolso, então, compra-se tudo.

Os jornais eram criados por trustes; os trustes, ou seus manda-chuvas, vendiam-se para publicitários e proprietários de supermercados. Os jornais, como um todo, eram vendidos de forma tão sólida e cara, que a imprensa americana é considerada incorruptível. Não há dinheiro que possa recomprar um jornalista já vendido.

E se o seu preço for tal que outros dêem mais, prove, e o próprio dono vai aumentar.

Título – por favor. Com freqüência jornais e cantores de cançonetas teatrais tiram sarro de Gloria Swanson, estrela de cinema, antiga criada, que atualmente vale 15 mil dólares por semana, e de seu marido bonitão, conde, junto com modelos de Pakan e sapatos de Anan[25] importados de Paris.

---

25. Proprietários de luxuosos ateliês de roupas e calçados em Paris.

Amor – sirva-se.

Depois do processo do macaco[26], os jornais começaram a falar de *mister* Browning.

Esse milionário, corretor de imóveis, foi acometido por uma paixão juvenil depois de velho.

Como o casamento de um velho com uma mocinha é de se suspeitar, o milionário partiu para a adoção.

Anúncio nos jornais:

MILIONÁRIO DESEJA
ADOTAR MENINA DE 16 ANOS

Em resposta, choveram 12 mil ofertas lisonjeiras com fotografias de beldades. Já às seis horas da manhã 14 moças estavam sentadas na sala de espera de *mister* Browning.

Browning adotou a primeira (a impaciência era grande demais), Maria Spas, uma belezinha tcheca, cabelos soltos à maneira infantil. No dia seguinte os jornais começaram a exaltar a felicidade da Maria.

No primeiro dia, sessenta vestidos foram comprados.

Um colar de pérolas foi encomendado.

Em três dias, os presentes ultrapassaram 40 mil dólares.

O próprio papá mandou tirar uma fotografia, apalpando a filhinha no peito, com uma tal expressão no rosto que servia para mostrar às escondidas diante dos prostíbulos de *Montmartre*.

Tirou o sossego paterno a notícia de que o *mister* tentava adotar ao mesmo tempo mais uma filha de 13 anos, do próximo lote que apareceu. Uma desculpinha problemática poderia ser, quem sabe, a de que a filha era uma mulher de 19 anos.

---

26. Denominação forjada em 1925 por reacionários para o processo judicial contra o professor americano Skops, que tentou levar princípios darwinistas para a escola.

Três a menos acolá, três a mais aqui; *fifty-fifty*, como dizem os americanos – afinal, que diferença faz?

Em todo caso, o papá não se justificou assim, mas com o valor da fatura, e provou com distinção que o valor de suas despesas decididamente indicaria que apenas ele constituía a parte sofredora nesse *business*.

O ministério público viu-se obrigado a intervir. O resto eu desconheço. Os jornais silenciaram, como se dólares lhes tivessem calado o bico.

Estou convencido de que esse mesmo Browning passaria um sério corretivo no código matrimonial soviético, atentando contra ele do ponto de vista dos direitos e da moral.

Não há nenhum país que invente tantos disparates moralistas elevados, e ideais hipócritas como os Estados Unidos.

Compare esse Browning, que se diverte em Nova York, com uma ceninha de algum cafundó texano, onde um bando de quarenta velhinhas, depois que começaram a suspeitar de que uma mulher fosse prostituta e concubina de seus maridos, deixam-na nua em pêlo, mergulham-na em alcatrão, rolam-na em penas e penugens com grasnados de aprovação, arrastam-na pelas ruas principais, banindo-a da cidadezinha.

Uma verdadeira Idade Média, ao lado do expresso *Twenty Century*, primeira locomotiva a vapor do mundo.

De típico *business* e típica hipocrisia também é chamada a sobriedade americana, a lei seca, *prohibition*.

Todos vendem uísque.

Quando você vai a uma taverna, ainda que minúscula, vê em todas as mesas a inscrição: "Ocupado".

Quando nessas mesmas tavernas entra uma pessoa inteligente, ela a atravessa em direção à porta oposta.

O dono lhe barra o caminho, lançando uma pergunta extremamente séria:

– O senhor é um *gentleman*?

– Mas é claro! – exclama o cliente, exibindo o cartão verdinho. São membros de um clube (de uns mil), ou simplesmente são alcoólatras, que têm fiadores. Deixam o *gentleman* passar para o salão contíguo – ali, alguns *barmen* com mangas arregaçadas já ziguezagueiam com coquetéis e a cada segundo trocam para os recém-chegados o conteúdo, as cores e a forma dos cálices no longo balcão.

Aqui mesmo em frente, pessoas almoçam assentadas a duas dezenas de mesinhas, examinando com afeição a mesa, cheia das mais diversas beberagens possíveis. Depois de comer, exigem:
– *Shoe box*! (caixa de sapato!) – e saem do bar, arrastando um novo par de uísque. E pra que é que a polícia está bisbilhotando? Para que não embromem na divisão.

Junto com o último *bootlegger*[27] atacadista que apanharam, havia 240 policiais em serviço.

O chefe da luta contra o alcoolismo se lamenta, em busca de uma dezena de agentes honestos, e ameaça fugir, já que não se encontra esse tipo muito facilmente.

Agora já é impossível revogar a lei que proíbe a venda de vinho, uma vez que isso é desvantajoso, antes de tudo para os vendedores de vinho. E tais comerciantes e intermediários são um exército – um em cada quinhentas pessoas. O fato de se basear no dólar faz das muitas nuances da vida americana, até das mais tênues, uma ilustração caricatural muito simplista da tese de que a consciência e a superestrutura definem-se pela economia.

Se na sua frente há uma discussão ascética sobre o esplendor feminino e os que estão reunidos se dividem em dois campos – uns a favor das americanas de cabelo cortado, outros a favor das de cabelo comprido –, isso não significa de jeito nenhum que na sua frente haja estetas desinteressados.

Não.

---

27. Comerciante de álcool.

NOVA YORK

A favor dos cabelos compridos vociferam até ficar roucos os fabricantes de grampos, já que com os cortados a produção seria menor; a favor dos cabelos curtos pugna o truste dos proprietários de salões de beleza, já que mulheres de cabelo curto trouxeram para os cabeleireiros uma segunda humanidade inteira, a das que cortam o cabelo.

Se uma mulher não anda com você pela rua quando você carrega um par de sapatos consertados embrulhado em papel jornal, então já sabe: algum fabricante de papel de presente está fazendo propaganda de belos embrulhos.

Mesmo no que diz respeito a coisas relativamente apartidárias, como a honestidade – que possui uma literatura inteira –, mesmo sobre isso as sociedades de crédito, que concedem empréstimo a caixas para pagamento de penhor, vociferam e promovem agitação. Isso é importante para que os caixas contem o dinheiro alheio honestamente, não fujam com os caixas das lojas, e para que o penhor fique inabalável e não desapareça.

Também com essas mesmas considerações dolarianas se explica o animado jogo outonal todo particular.

Em 14 de setembro aconselharam-me: tire o chapéu de palha.

No dia 15, nas esquinas diante das lojas de chapéus, postam-se bandos, que derrubam chapéus de palha, perfuram os fundos duros dos chapéus e enfiam nos braços dezenas desses troféus esburacados.

Não é de bom-tom andar de chapéu de palha no outono.

Com o observado bom-tom também os vendedores de chapéus finos e de palha ganham. O que fariam os fabricantes dos finos, se também no inverno se andasse com os de palha? O que fariam os [fabricantes de chapéus] de palha, se ano após ano se usasse o mesmíssimo chapéu?

Para cada chapéu os perfuradores de chapéus (e às vezes até de cabeças) recebem do fabricante para comprar *chewing gum*.

O que é dito sobre os costumes nova-iorquinos não é o rosto inteiro, claro. Não passa de traços isolados – pestanas, sardas, narinas.

Mas essas sardas e narinas são extraordinariamente características de toda a massa de pequenos-burgueses – massa que corresponde a quase toda a burguesia; massa fermentada pelas camadas intermediárias; massa que se apodera também da parte abastada da classe operária. Parte essa que batalhou por um casebre em prestações, paga por um ford com o soldo semanal e, mais do que tudo nesta vida, tem medo de ficar desempregada.

O desemprego é involução, expulsão da casa não liqüidada, devolução do ford semiquitado, fechamento do crédito no açougue e assim por diante. E os operários de Nova York lembram-se bem das noites de outono dos anos de 1920 e 1921[28], quando 80 mil desempregados dormiam no *Central Park*.

A burguesia americana separa habilmente os operários por qualificações e salários.

Uma parte é o sustentáculo de líderes amarelos com nucas de três andares e charutos de dois *archin* – líderes de verdade foram pura e simplesmente comprados pela burguesia.

A outra é o proletariado revolucionário – o verdadeiro, não envolvido em operações bancárias gerais por chefes mesquinhos. Tal proletariado realmente existe e batalha. Na minha frente os costureiros revolucionários de três *locals* (seções) da união de costureiros de senhoras – a segunda, a nona e a 22ª – por muito tempo lutaram[29] contra o "chefão", o presidente Morris

---

28. Nessa época a indústria dos Estados Unidos passou por uma aguda temporada de crise.
29. Segundo depoimento de um dos participantes dos acontecimentos aqui descritos, Maiakóvski "se interessou por cada detalhe dessa luta. Ele sempre ia a reuniões dos operários, [...] discursava sobre temas literários e lia seus versos para eles. Na época da manifestação histórica de costureiros de senhoras [...] ele passou o dia todo na rua" (Chakhno Epchtein, "Encontros com Vladimir Maiakóvski", revista *Tchervoni Chliakh* ["Rodovia Carmesim", Ucrânia], Kharkov, 1930, nº 5-6, p. 149).

Zigman, que havia tentado fazer uma aliança com uma seção subalterna de lacaios industriais. Em 20 de agosto foi anunciada uma manifestação antizigmaniana pelo "Comitê Unificado de Ação". Umas duas mil pessoas se manifestaram na Union Square e 30 mil operários suspenderam o trabalho durante duas horas, em solidariedade. Não foi por acaso que a manifestação foi realizada na Union Square, diante das janelas do jornal comunista judeu *Frigate*.

Foi também pura manifestação política, organizada diretamente pelo Partido Comunista – por terem negado a entrada de Saklatvala[30], deputado comunista inglês, na América.

Em Nova York há quatro jornais comunistas: *Novy Mir* (russo), *Frigate* (judeu), *Schodenni Visti* (ucraniano) e um finlandês.

O *Daily Worker*, órgão central do partido, é editado em Chicago.

Mesmo com apenas três mil membros do partido em Nova York, só em Nova York esses jornais possuem uma tiragem geral de 60 mil exemplares.

Não adianta superestimar a influência desse espírito comunista – em sua maioria, são massas estrangeiras –; esperar na América ações revolucionárias imediatas seria ingenuidade, mas subestimar 60 mil também seria leviano.

---

30. Saklatvala, Shapurdji (1874–1936) – indígena, membro do Comitê Central do Partido Comunista inglês, deputado do parlamento.

AMÉRICA

Quando se diz "América", na imaginação logo aparecem Nova York, os "tios" da América, *mustangs*, Coolidge e outros artigos e que tais dos Estados Unidos da América do Norte. Estranho, mas certo.

Estranho porque as Américas são três: a do Norte, a Central e a do Sul. Os Estados Unidos não ocupam nem toda a do Norte – imagine! – tomaram, apropriaram e incorporaram a denominação de todas as Américas.

Certo, porque pegaram à força o direito de se autodenominar Estados Unidos da América, com encouraçados gigantes e dólares, enchendo de medo as repúblicas e colônias vizinhas.

Só durante minha única curta temporada trimestral vi os americanos brandir um punho de ferro diante do nariz dos mexicanos sobre o projeto mexicano de nacionalização de seu próprio subsolo terrestre inalienável; enviar destacamentos para ajudar um certo governo, afugentado pelo povo venezuelano; sem pensar duas vezes soltaram indiretas para a Inglaterra, que no caso do não-pagamento das dívidas poderia falir o próspero Canadá; o mesmo desejavam para os franceses e, antes da conferência sobre o pagamento da dívida francesa, ora enviavam seus aviadores ao Marrocos, para ajudar os franceses, ora passavam a ser pró-marroquinos e, por razões humanitárias, chamavam os aviadores de volta.

Traduzindo para o russo: dê uma moeda, receba aviadores.

Que a América e os Estados Unidos são a mesma coisa, todos sabiam. Coolidge apenas formalizou essa questãozinha em um dos últimos decretos, autodenominando-se – e somente a si mesmos – americanos. Debalde o rugido de protesto de muitas dezenas de repúblicas e até de outros Estados Unidos (por exemplo, os Estados Unidos do México) que formam a América.

Agora a palavra "América" foi definitivamente anexada.

Mas o que é que está por trás dessa palavra?

O que significa América, o que vem a ser a nação americana, o espírito americano?

A América vi apenas das janelas do vagão.

Entretanto, em se tratando da América, isso não é nada pouco, já que ela foi toda retalhada em linhas verticais e horizontais. Elas vão lado a lado, ora quatro, ora dez, ora 15. E, atrás dessas linhas, novas linhas de novas companhias ferroviárias, só que em menor grau. Não há um horário comum, pois o principal objetivo dessas linhas não é estar a serviço dos interesses dos passageiros, mas é o dólar e a concorrência com o industrial vizinho.

Por isso, quando se compra uma passagem para uma estação qualquer de alguma cidade grande, não se tem certeza se esse é o meio de ligação mais rápido, barato e confortável entre as duas cidades em questão. Tanto mais que todos os trens são expressos, todos são rápidos e todos são velozes.

Um trem de Chicago para Nova York leva 32 horas; outro, 24; um terceiro, 20, e todos são igualmente chamados "expresso".

As pessoas se sentam nos expressos, colocam a passagem atrás da fita do chapéu. Assim mesmo, sem cerimônia. Não precisa ficar nervoso, procurar as passagens, o fiscal mete a mão acostumada atrás da fita e se admira muito se a passagem não está ali. Se você viaja no famoso vagão-leito *Pullman*, considerado o mais conveniente e confortável da América, então todo o seu senso de organização será abalado por um tolo rebuliço disparatado, duas vezes por dia, pela manhã e de noite. Às nove horas da noite começam a desfazer o vagão diurno, soltam as camas que pendem do teto, desdobram os leitos, prendem os bastões de ferro, colocam as argolas atrás das dobradiças, com estrépito enfiam os tabiques de ferro – põem em movimento todos esses dispositivos engenhosos para instalar vinte leitos dos dois lados ao longo do vagão, em dois andares, sob as cortinas, deixando no meio uma estreita já não passagem, mas fenda.

Para conseguir transitar na hora da faxina, é preciso praticar malabarismos com os dois traseiros negros dos faxineiros, com a cabeça dos metidos no leito estendido.

Você vira, quase joga alguém no corredor do vagão – os dois, juntos, por pouco não se trombam, especialmente na escada para o acesso ao segundo andar, então troca de lugar com ele e se enfia de volta no vagão. Na hora de tirar a roupa, você segura febrilmente as cortinas escancaradas para evitar os gritinhos de indignação de desvestidas sexagenárias organizadoras de alguma sociedade de jovens moças cristãs.

Na hora do trabalho você se esquece de apertar bem juntinhos os pés descalços que aparecem de fora das cortinas, e um maldito negro pesando cinco *puds* passa bamboleando por cima de todos os calos. A partir das nove da manhã começa a farra do desmonte do vagão e a sua metamorfose em "vagão assento".

O nosso jeito europeu de dividir os vagões, até em assentos de madeira, é muito mais razoável do que o sistema americano dos *Pullman*.

O que me deixou totalmente impressionado foi a possibilidade de atraso dos trens na América, até sem causas acidentais de certa proporção.

À noite, precisava ir a uma conferência na Filadélfia imediatamente depois da de Chicago[1] – viagem expressa às vinte horas. Mas a essa hora da noite saía apenas um trem com duas baldeações, e o bilheteiro, apesar da baldeação de cinco minutos, não podia nem queria me garantir a pontualidade de chegada ao vagão de baldeação, embora tivesse até acrescentado que não eram grandes as probabilidades de atraso. Pode ser que a resposta evasiva se explicasse pelo desejo de difamar as linhas concorrentes.

Nas estações, passageiros saem correndo, compram um monte de maços de aipo-rábano e entram correndo, mascando as raizinhas, esbaforidos.

No aipo-rábano, há ferro. O ferro faz bem para americanos. Os americanos adoram aipo-rábano.

No caminho vislubram-se linhas de pescar do tipo das que há na Rússia, todas emaranhadas, campos de futebolistas com jogadores multicoloridos – e técnica, técnica e mais técnica.

Essa técnica não ficou estagnada, essa técnica avança. Nela há um traço estranho – do lado de fora, na aparência, essa técnica causa uma impressão inacabada, temporal.

Como se fosse uma construção, os muros de uma fábrica não são fundamentais – são hodiernos, efêmeros.

Os postes telegráficos, e amiúde até os postes dos bondes, são um não acabar mais de madeira.

Enormes recipientes de gás, que poderiam arrasar metade da cidade se lhes atirássemos um fósforo, parecem desprotegidos. Apenas na época da guerra uma guarda foi montada.

De onde é que vem isso?

---

1. Maiakóvski deu palestras em Chicago em 2 e 20 de outubro de 1925 e, na Filadélfia, em 5 e 23 de outubro. Aqui, trata-se da palestra de 23 de outubro de 1925.

AMÉRICA

Julgo que venha do caráter oportunista, dominador do desenvolvimento americano.

A técnica aqui é mais vasta do que a universal germânica, só que nela não há uma cultura antiga da técnica – cultura que imporia não somente acumular plantas, mas também organizar grades e um pátio diante da fábrica em conformidade com todas as construções.

Nós saímos de Bikon (a seis horas de Nova York) e fomos parar, sem qualquer aviso, em uma estrada em plena reforma, na qual nenhum lugar para automóveis havia sido deixado (os proprietários dos terrenos evidentemente pavimentaram-na para si mesmos e pouco se preocupavam com o conforto da viagem). Desviamos para estradas laterais e encontramos um caminho somente depois de interrogar viandantes, já que nenhuma sinalização dava direção alguma.

Na Alemanha isso é inconcebível, em hipótese alguma acontece, nem em um cafundó.

Apesar de toda a grandiosidade das construções da América, apesar de toda a inacessibilidade da Europa à rapidez das construções americanas, à altura dos arranha-céus americanos, ao seu conforto e capacidade – também os prédios da América, de um modo geral, causam a estranha impressão de serem temporários.

Pode ser que seja só impressão.

Parece que por causa disso há um volumoso reservatório de água na extremidade de um prédio enorme. A cidade fornece água até o sexto andar; já mais para cima o prédio que se vire. Apesar da fé na todo-poderosa técnica americana, esse prédio parece encolhido, reformado às pressas por causa de alguma outra coisa e sujeito a desmoronamento em caso de necessidade urgente.

Esse traço aparece de forma totalmente detestável em construções que no fundo foram concebidas como temporárias.

Estive em *Rockaway Beach* (vila nova-iorquina de veraneio; praia para gente remediada). Não vi nada mais abjeto do que aquelas margens construídas, cobertas. Não poderia passar nem duas horas em tal cigarreira carélia*.

Todos os prédios estandardizados são idênticos, como caixinhas de fósforo, com um mesmo nome, uma mesma forma. Prédios plantados, como passageiros de bonde que voltam de Sokólniki** domingo à noite na primavera. Abrindo a janela do banheiro, você vê tudo o que se faz no banheiro vizinho, e, se a porta do vizinho estiver entreaberta, então você vê através do prédio o banheiro dos veranistas seguintes. Prédios enfileirados por tirinhas de rua, como soldados em uma parada – orelha ante orelha. O material de construção é tal, que se escuta não apenas cada suspiro e sussurro do vizinho apaixonado, mas, através da fina parede, podem-se distinguir as nuanças mais finas dos cheiros do almoço na mesa do vizinho.

Uma vila dessas é o aparelho de provincialismo e mexerico mais perfeito, na maior escala mundial possível.

Até prédios novíssimos e superconfortáveis parecem temporários, porque toda a América, e Nova York em particular, está em construção, em eterna construção. Demolem prédios de dez andares para construir outros de vinte andares; de vinte para outros de trinta, para outros de quarenta e assim por diante.

Nova York está sempre em leitos de pedra e caixilhos de aço, em meio ao rosnado de brocas e golpes de picaretas.

Uma verdadeira e grande paixão pela construção.

Os americanos constroem de tal forma, como se pela milésima vez representassem a peça mais interessante e mais ensaiada. É impossível desgrudar os olhos desse espetáculo de destreza e habilidade.

---

* Cigarreira feita de bétula da Carélia, comum no começo do século xx na Rússia. (N. de T.)
** Parque em Moscou. (N. de T.)

AMÉRICA

Na terra simples instala-se uma draga ao engenho. Com seu rangido característico, ela rói e suga a terra e ali mesmo a cospe em caminhões que se movimentam ininterruptos. Em meio às construções, erguem uma grua levadiça com vigamento. Ela carrega enormes tubos de aço e com um martelo a vapor (resfolegante, como se toda técnica estivesse constipada) os finca na terra firme, como miúdas tachinhas. As pessoas apenas ajudam o martelo a assentar-se no tubo, além de medir os declives por nível. As outras garras da grua levantam vigas e barras de aço, sem qualquer tensão para afundar – só arranque e atarraxe!

Levanta-se o edifício, e junto com ele se levanta a grua, como se suspendessem o prédio da terra por uma trança. Depois de um mês, ou até antes, retiram a grua – e o prédio está pronto.

O excelente método de fabricação de canhões é aplicado aos prédios (pegam um buraco, esmaltam com ferro fundido, e aí está o canhão): apanharam ar cúbico, aparafusaram com aço, e o prédio está pronto. Se for difícil tratar isso de forma séria, trate com elã poético um hotel de vinte andares de Cleveland, cujos moradores dizem: aqui é muito estreito por causa desse prédio (exatamente como no bonde – para trás, por favor) – por isso vão transferi-lo para daqui a dez quarteirões, próximo ao lago.

Não sei quem nem como vão transferir essa construção, mas, se esse prédio escapar das mãos, vai pisar muitos calos.

Depois de uma década, a construção de concreto muda totalmente o aspecto das grandes cidades.

Há trinta anos, V. G. Korolienko*, depois de ver Nova York, registrou[2]:

"Através da neblina em direção à margem divisam-se enormes prédios de seis e sete andares..."

---

* Korolienko, Vladímir Galaktiônovitch (1853–1921), escritor russo. (N. de T.)
2. Visitou os Estados Unidos em 1893. Maiakóvski transmite aqui de memória a descrição de Nova York da novela *Sem língua*.

Há uns quinze anos, depois de passar um tempo em Nova York, Máximo Górki[3] escreveu:

"Através da chuva inclinada em direção à margem viam-se prédios de quinze e vinte andares."

Para não passar dos limites do bom-tom evidentemente aceitos pelos escritores, eu deveria relatar o seguinte:

"Através da fumaça inclinada pode-se ver o nada além dos prédios de quarenta e cinqüenta andares..."

Já o futuro poeta, após a mesma viagem, registrará:

"Através de prédios retilíneos de uma quantidade inexplorável de andares, localizados na margem nova-iorquina, não se viam nem fumaças, nem chuvas inclinadas, nem sequer névoa."

A nação americana.

Pode-se falar sobre ela, mais do que sobre outra qualquer, com as palavras de um dos primeiros cartazes revolucionários:

"Os americanos são vários, alguns burgueses, alguns revolucionários."

Os filhinhos de papai, de famílias milionárias de Chicago, matam crianças (assunto de Loeb e companhia) por curiosidade, o tribunal alega insanidade mental, poupa-lhes a vida preciosa, e os "insanos" vivem como bibliotecários-chefes carcerários, encantando os companheiros de cela com pomposas obras filosóficas.

Os defensores da classe operária (assunto de Vanzetti[4] e outros camaradas) desenganam-se – e todos os comitês organizados para sua salvação ainda não são capazes de obrigar o governador do estado a revogar a sentença. A burguesia é armada e organizada. A Ku Klux Klan se tornou um fenômeno da vida corrente.

---

3. M. Górki esteve nos Estados Unidos em 1906. Aqui a referência é a seu panfleto "A cidade do diabo amarelo".
4. Vanzetti, Bartolomeo, e Sacco, Nicola – operários americanos revolucionários, condenados à pena de morte em 1920 por falsa acusação de homicídio. Apesar dos protestos da opinião pública mundial, eles foram executados em 1927 depois de longo período de reclusão.

Os costureiros de Nova York publicaram propagandas no dia da reunião de máscaras dos klans, aliciando a clientela que veste carapuças altas e batas brancas:

– *Welcome*, Ku Klux Klan!

Nas cidades às vezes apareciam notícias de que um líder klux matara outro e ainda não fora capturado, um outro (sem sobrenome) já estuprou a terceira moça, atirando-a fora do automóvel, e também anda pela cidade sem o mínimo sinal de grilhões. Ao lado das organizações guerreiras dos klans estão os pacíficos maçons. Cem mil maçons vagueiam pelas ruas da Filadélfia em trajes multicoloridos orientais às vésperas de seus dias festivos.

Esse exército preservou as lojas maçônicas e a hierarquia; como antes, ainda se faz entender por gestos misteriosos, manipulando um dedo em algum botão de colete, desenhando sinaizinhos misteriosos durante os encontros, mas, na prática, em sua grande maioria, há muito se tornou uma subseção especial de grandes comerciantes e fabricantes, que indicam ministros e os funcionários mais importantes do país. Deve ser um absurdo ver essa Idade Média desfilando pelas ruas da Filadélfia debaixo das janelas da tipografia do jornal *The Philadelphia Inquirer*[5], que lança 450 mil jornais por hora.

Ao lado dessa calorosa companhiazinha, a estranha existência do partido comunista operário da América, legalizado, evidentemente, para observação rigorosa, e, mais do que estranho, os sindicatos tomando a liberdade de lutar.

No primeiro dia, quando cheguei a Chicago, no frio e debaixo de uma chuvarada, vi esse quadro absurdo.

Ao redor de um enorme edifício fabril, pessoas encharcadas caminhavam sem se deter, magricelas, tiritando de frio; das calçadas, alentados *policemen*, gordos, todos vestidos com as mesmas capas impermeáveis *Macintosh*, lançavam olhares perscrutadores.

---

5. *The Philadelphia Inquirer* (O mensageiro da Filadélfia) (inglês). (N. do A.)

Greve na fábrica. Os operários devem afugentar os fura-greves e informar sobre os que são contratados de maneira fraudulenta. Mas não têm o direito de parar – a polícia prende quem pára, com base nas leis contra os piqueteiros. Fale esbaforido, bata esbaforido. Corrido dia de trabalho especial de dez horas.

Também nas relações nacionais da América não há menos sutileza. Já escrevi sobre a massa de estrangeiros na América (ela é, claro, toda uma reunião de estrangeiros para exploração, especulação e tráfico) – eles vivem dezenas de anos sem perder nem a língua, nem os costumes.

Na Nova York judaica, no Ano Novo, exatamente como em Chávli[8], vêem-se jovens homens e mulheres, arrumados ou para casamento, ou para um retrato colorido: botinas envernizadas, meias alaranjadas, vestido branco rendado, lenço multicolorido e pente espanhol nos cabelos, para as mulheres; já para os homens, além dos mesmos sapatos, uma mistura de sobrecasaca, paletó e *smoking*. E na barriga uma corrente de ouro verdadeiro ou americano – do tamanho e peso da que tranca a porta de serviço para prevenir contra bandidos. Para o serviço de ajudantes, xales listrados. As crianças têm centenas de cartões-postais de felicitação com corações e pombas – cartões-postais dos quais engravidam todos os carteiros de Nova York nesses dias e que aparecem como único artigo de amplo consumo em todos os supermercados em todas as vésperas de dias festivos.

Da mesma forma vivem os russos em outro bairro, em isolamento, enquanto os americanos passam pelos antiquários desse bairro para comprar um exótico samovar.

A língua da América é a língua imaginária da Torre de Babel, com a única diferença de que lá misturaram as línguas para que ninguém entendesse, enquanto aqui as misturam para

---

6. Lugarejo na antiga província de Koviénski (então cidade da Lituânia, União Soviética).

que todos entendam. Como resultado da língua, digamos, inglesa, fica uma língua que todas as nações entendem, com exceção dos ingleses.

Não é à toa, dizem, que em lojas chinesas encontra-se a inscrição:

"AQUI FALA-SE INGLÊS
E ENTENDE-SE AMERICANO"

Para mim, que não sei inglês, de qualquer jeito é mais fácil entender um americano econômico com as palavras, do que um russo despejador de palavras.

O russo chama:
bonde – de streetcar
esquina – de corner
quarteirão – de blok
inquilino – de border
passagem – de ticket

mas usa a seguinte expressão: "Você viaja sem troca de baldeações".
Isso significa ter um bilhete que não permite baldeação.

Atrás da palavra "americano" subentende-se entre nós uma mistura de vagabundos excêntricos, O'Henry, Nick Carter[7] com o costumeiro cachimbo, e os caubóis xadrezes[8] dos estúdios cinematográficos de Kuliechov*.

Nada a ver.

---
7. Personagem da literatura policial, hábil agente secreto.
8. Artistas de cinema, que estudaram com o diretor de cinema soviético L. V. Kuliechov (1899–1970) e vestiam camisas xadrez de caubói, moda daquela época.
* Kuliechov foi um diretor inovador dos anos 1920, contemporâneo de Eisenstein. (N. de T.)

O branco se autodenomina americano, e até judeu ele considera escuro de pele, e ao negro, então, nem dá a mão; se vê um negro com uma mulher branca, com um revólver o faz correr para casa; o mesmo americano viola mocinhas negras impunemente, mas o negro que se aproxima de uma mulher branca, o tribunal o condena ao linchamento, ou seja, arranca-lhe os braços, as pernas e o queima vivo na fogueira. Costume mais impressionante do que o nosso "processo sobre a incineração dos ciganos ladrões de cavalos na aldeia Listviana".

Por que considerar aqueles [os brancos] os americanos, e não os negros, por exemplo?

É dos negros que vem a chamada dança americana – *fox* e *shimmy* – e também o jazz americano! São os negros que publicam várias revistas maravilhosas, por exemplo, a *Opportunity*. São os negros que se esforçam para encontrar e acabam encontrando sua ligação com a cultura do mundo, considerando Púchkin, Alexandre Dumas, o artista Henry Ten e outros trabalhadores de sua própria cultura.

Recentecemente o editor negro Casper Goldstein anunciou um prêmio de cem dólares denominado "A. S. Púchkin", o maior poeta negro, para a melhor poesia negra[9].

Em 1º de Maio de 1926 essa recompensa vai ser disputada.

E por que razão os negros não considerariam Púchkin seu próprio escritor? Veja bem, nem mesmo agora [os brancos] deixariam Púchkin entrar em algum hotel e restaurante "decente" de Nova York. Veja bem, Púchkin tinha cabelo crespo e a cor lívida dos negros sob as unhas.

Quando começarem a pesar na chamada balança da história, muito dependerá do prato em que vão colocar os 12 milhões de negros e seus 24 milhões de braços de ferro. Aquecidos pelas fo-

---

9. O bisavô de Púchkin era negro.

gueiras do Texas, os negros são pólvora seca suficiente para explodir a revolução.

O espírito, inclusive o americano, é coisa incorpórea, quase mesmo nem coisa; não aluga escritórios, mal exporta, não se ocupa de tonelagens – e, se consome algo sozinho, então só se for uísque, e não o americano, mas o importado.

Por isso pouco se interessam pelo espírito, ainda mais nos últimos tempos, depois do período rapinante de exploração, quando apareceu na burguesia alguma bonomia, tranqüila, segura, alguma camada adiposa burguesa de poetas, filósofos, artistas. Os americanos invejam o estilo europeu. Entendem perfeitamente que com seu dinheiro poderiam ter não 14, mas pelo menos 28 Luíses, mas a pressa e o hábito de realização exata do planejado não despertam neles o desejo nem o tempo de esperar até que a construção que fazem se arranje em um estilo americano.

Por isso os americanos compram a Europa artística por atacado – tanto obras quanto artistas, ornando quarenta andares de forma absurda com alguma coisa da Renascença, sem se interessar pelo fato de que essas estatuetas e volutas ficariam bem em seis andares, e que em mais não teria graça nenhuma. Instalar essas quinquilharias estilosas mais embaixo está fora de cogitação, pois assim elas atrapalhariam as propagandas, placas e outras coisas úteis.

O cúmulo da disformidade estilosa parece-me um prédio próximo à biblioteca pública: todo plano, econômico, alinhado, negro, mas com o telhado pontiagudo, pintado de dourado para representar a beleza.

Em 1912, para uma propaganda, poetas de Odessa douraram o nariz da moça que vendia entradas para um sarau.

Plágio hipertrofiado tardio.

As ruas de Nova York são ornadas com pequenos monumentos de escritores e artistas do mundo todo. Os muros do

Instituto Carnegie[10] têm inscrições dos nomes de Tchaikóvski, Tolstói e outros.

Nos últimos tempos, a voz de jovens trabalhadores da arte se levanta contra a indigerível vulgaridade eclética. Os americanos estão se esforçando para encontrar a alma, o ritmo da América. Começam a extrair a marcha dos americanos a partir dos passos temerosos dos antigos indígenas pelas sendas da Manhattan deserta. Incólumes famílias indígenas são conservadas com esmero em museus. O parentesco ancestral com algumas tribos indígenas nobres é considerado ostentação superior de uma sociedade superior – coisa totalmente infame aos olhos americanos não faz muito tempo. Simplesmente deixarão de escutar representantes do meio artístico que não tenham nascido na América.

Tudo o que tem caráter aborígene começa a se tornar moda.

Chicago. Em 1920 retratei uma Chicago imaginada no poema "150 milhões" da seguinte maneira:

> O mundo,
> das partes de luz
> reunindo um quinteto,
> deu-lhe poder de mágica –
> uma cidade está nela
> em um parafuso –
> todo eletro-dínamo-mecânico.
> Em Chicago
> 14.000 ruas –
> raios da superfície do sol.
> De cada uma –

---

10. Carnegie, Andrew (1836–1919) – multimilionário americano. O Instituto Carnegie, localizado em Pittsburgh (Estados Unidos), é uma instituição científica de estudos no térreo de um amplo museu.

> 700 travessas
> longa viagem de um ano.
> Que maravilha é para o homem Chicago!

Carl Sandburg[11], o mais famoso poeta americano contemporâneo – ele mesmo natural de Chicago, empurrado para a seção de crônica e cotidiano do riquíssimo jornal *Chicago Tribune* por causa da falta de vontade americana de se aprofundar na lírica –, esse mesmo Sandburg descreve Chicago assim:

> Chicago,
> Mata-porcos do mundo,
> Instrumentista, colhedora de pão,
> que brinca com o carregador da ferrovia
> do país,
> Arrebatadora pândega rouquenha.
> Cidade de ombros largos...

"... Dizem-me: você é vil, e eu respondo: sim, é verdade – vi como o bandido matou e permaneceu sem castigo. Dizem-me: você é cruel, e minha resposta: vi marcas da fome descarada nos rostos de mulheres e crianças. Deixando o escárnio venenoso enquanto trabalho, o trabalho que sempre desmorona – é um arruaceiro alto insolente no pano de fundo de frágeis cidadezinhas.

> Com a cabeça descoberta
> que cava,
> desaba,
> prepara planos,
> constrói, destrói, repõe.

---

11. Famoso poeta democrata dos Estados Unidos (1878–1967). Maiakóvski cita seu poema "Chicago" quase na íntegra.

Aquele que ri o arrebatador, rouquenho riso fervoroso da juventude. Semidesnudo, suado, orgulhoso de cortar porcos, executar instrumentos, amontoar o celeiro de pão, brincar com as ferrovias e transladar as cargas da América."

Os guias e aborígines dizem:
Chicago:
Os maiores matadouros.
O maior abastecedor de madeira.
O maior centro de móveis.
O maior produtor de máquinas agrícolas.
O maior depósito de pianos.
O maior fabricante de fornos de ferro.
O mais grandioso centro ferroviário.
O maior centro de entregas dos correios.
O mais populoso canto do mundo.
A maior ponte transitável no globo terrestre, a *Bush street bridge*[12].

O melhor sistema de bulevares de todo o globo terrestre – ande pelos bulevares e percorra Chicago sem sair em rua alguma.

Em tudo a maior, a maior, a maior...
Que raios de cidade é Chicago?

Se todas as cidades americanas coubessem em um saco e os prédios fossem chacoalhados como as bolas de um bingo, então os próprios prefeitos não conseguiriam recolher seus antigos bens.

Mas há Chicago, e essa Chicago se distingue de todas as outras cidades – distinta não por causa dos prédios, não por causa das pessoas, mas por sua própria energia singular e orientada *à la* Chicago.

Em Nova York muita coisa é para decoração, para ser vista.

---

12. *Bush street bridge* – ponte da rua Bush (inglês). (N. do A.)

O caminho branco é para ser visto, *Coney Island* é para ser vista, até o *Woolworth Building* de 57 andares é embromação para provincianos e estrangeiros. Chicago vive sem ostentação. A parte aparente de arranha-céus é estreita, apertada pela margem enorme da Chicago fabril. Chicago não se envergonha de suas fábricas, não as relega para o subúrbio. Sem pão não se sobrevive, e McCormick exibe suas fábricas centrais de máquinas agrícolas de forma até mais digna do que qualquer Paris – qualquer Notre-Dame.

Sem carne não se sobrevive, e não faz sentido dar-se ares de vegetariano – por isso no próprio centro está o coração sangrento, as carnificinas.

Os matadouros de Chicago são um dos espetáculos mais escabrosos que já vi na vida. Em um ford você passa diretamente por uma compridíssima ponte de madeira. Fixaram essa ponte através de milhares de cercados para touros, bezerros, carneiros e para toda a infinidade de porcos. Ganido, mugido, balido – que não se repetem em nenhum outro lugar do mundo, a menos que gente e gado sejam esmagados por rochas deslocadas – pairam sobre esse lugar. Através das narinas tampadas penetra a fetidez acre da urina dos touros e do couro do gado de uma dezena de talhos e um milhão de exemplares.

O odor imaginário ou real de um verdadeiro mar de sangue transbordante toma conta de sua vertigem.

Diferentes categorias e calibres de moscas dos charcos e da lama mole adejam ora nas vacas, ora nos seus olhos.

Longos corredores de madeira conduzem ao gado que finca os pés no chão.

Se os carneiros não vão por si mesmos, um bode amestrado os arrasta.

Os corredores terminam ali onde começam as facas dos mata-porcos e mata-touros.

A máquina levanta porcos vivos esganiçantes, enganchando-os pelo pernilzinho vivo, atirando-os em um circuito contínuo – arrastam-nos de pernas para o ar diante de um irlandês ou um negro, que enfia a faca na goela deles. Cada um trincha alguns milhares de porcos por dia – gabava-se um guia do matadouro.

Aqui há ganido e agonia, e na outra ponta da fábrica já colocam os selinhos de chumbo no presunto, coram numa torrente de sol as latas de conserva esticadas, e então os frigoríficos recebem as cargas – logo o presunto viaja em expressos e vapores para bares e restaurantes do mundo todo.

Durante uns quinze minutos passamos pela ponte, que pertencia a apenas uma companhia.

E de todos os lados dezenas de companhias vociferam em placas.

Wilson!
Star!
Swift!
Hammond!
Armour!

Aliás, contrariando a lei, todas essas companhias são uma sociedade, um truste. Nesse truste a principal é a Armour – julgue pelo seu alcance o poderio de toda a empresa.

A Armour tem mais de 100 mil operários; só de empregados de escritório são de 10 a 15 mil.

Quatrocentos milhões de dólares – é o valor total da riqueza armouriana. Oitenta mil acionistas detêm as ações, tremem diante da integridade da empresa armouriana e enchem de mimos os proprietários.

Metade dos acionistas é de operários (metade, claro, no número de acionistas, não de ações); dão ações aos operários em prestações – um dólar por semana. Com essas ações [os proprietários] ganham a submissão provisória dos operários incultos do matadouro.

A Armour é altiva.

A Armour sozinha gera 16% da produção de carne americana e 10% da mundial.

O mundo come as conservas da Armour.

Qualquer um pode contrair colite.

E na época da guerra mundial, nas posições avançadas, havia conservas com rótulos renovados. Na corrida por novos lucros, a Armour se desfazia de ovos quadrienais e da carne em conserva de idade militar – de vinte anos!

Pessoas ingênuas, quando querem ver a capital dos Estados Unidos, vão a Washington. Pessoas calejadas vão para a minúscula ruela de Nova York – *Wall Street*, a rua dos bancos, a rua que de fato dirige o país.

É mais acertado e mais barato do que as viagens para Washington. Aqui, e não sob o mandato de Coolidge, as potências estrangeiras devem manter seus embaixadores. Debaixo de *Wall Street* há um túnel-*subway* e, se a gente enchesse de dinamite e deixasse passar ar, toda essa ruazinha iria para o quinto dos infernos dos porcos!

Iriam pelos ares registros de investimentos, títulos e séries de inumeráveis ações e colunas de dívidas estrangeiras.

Wall Street – a primeira capital, capital dos dólares americanos. Chicago – a segunda capital, capital das indústrias.

Por isso não é tão infundado colocar Chicago no lugar de Washington. O mata-porcos da Wilson não exerce menos influência na vida da América do que exerceu Woodrow[13], de sobrenome homônimo.

Os matadouros não passam sem deixar vestígios. Depois de trabalhar um tempo neles, ou você vai virar vegetariano ou vai matar pessoas tranqüilamente, quando estiver farto de se distrair com o cinema. Não é à toa que Chicago é palco de assassinatos sensacionais, de bandidos legendários.

Não é à toa que, nesse ambiente, de cada quatro crianças, uma morre antes de completar um ano.

---

13. Trata-se de Woodrow Wilson, presidente dos Estados Unidos de 1913 a 1921.

É compreensível que precisamente aqui a grandiosidade do exército de trabalhadores e as trevas da vida operária de Chicago convoquem esses trabalhadores para a que é a maior resistência da América.

Aqui estão as principais forças do partido operário da América.

Aqui está o comitê central.

Aqui está o jornal central *Daily Worker*.

Para cá se dirige o partido com seus apelos, quando precisa tirar do nada mil dólares do módico soldo.

O partido vocifera com a voz dos cidadãos de Chicago, quando é necessário relembrar ao ministro dos assuntos exteriores, *mister* Kellog, que em vão ele deixa entrar nos Estados Unidos somente os serviçais dos dólares, que a América não é a casa do Kellog, que – mais cedo ou mais tarde – também se verá obrigado a deixar entrar o comunista Saklatval e outros enviados da classe trabalhadora do mundo.

Não foi hoje nem foi ontem que os operários de Chicago ingressaram no caminho revolucionário.

Da mesma forma que em Paris comunistas recém-chegados vão ao muro onde foram fuzilados os participantes da Comuna de Paris, em Chicago vão às lápides dos primeiros revolucionários enforcados[14].

Em 1º de Maio de 1886 os operários de Chicago declararam greve geral. Dia 3 de maio houve uma manifestação na fábrica de McCormick, durante a qual a polícia provocou disparos – que se tornaram justificativa para o tiroteio da polícia e motivo para caçar os cabeças.

Cinco camaradas – August Spies, Adolf Fisher, Albert Parsons, Louis Lingg e George Engel – foram enforcados.

---

14. "Na época de sua estada em Chicago, o camarada Maiakóvski visitou o lugar mais sagrado de Chicago – a sepultura dos líderes operários enforcados em 1887" (jornal *Novyi Mir*, Nova York, 29 de outubro de 1925).

Agora na lápide de sua vala comum estão as palavras do discurso de um dos acusados:
"Chegará o dia em que nossos silêncios terão mais força do que nossas vozes, que vocês agora abafam."
Chicago não faz questão de ostentar o requinte de sua tecnologia – mas até a aparência da cidade, até sua vida externa demonstra que mais do que as outras cidades ela vive da indústria, vive de máquinas.
Aqui, a cada passo em frente ao radiador se ergue uma ponte levadiça, abrindo caminho para vapores e lanchas em direção ao Michigan. Aqui, se você atravessar alguma ponte suspensa sobre as linhas ferroviárias, a qualquer hora da manhã estará envolto em fumaça e vapor de uma centena de locomotivas fugazes.
Aqui, a cada volta de roda de automóvel despontam postos de gasolina dos reis do petróleo – Standard Oil e Sinclair.
Aqui, por toda a noite piscam faróis automáticos de advertência nos cruzamentos, e lâmpadas subterrâneas brilham, divisando as calçadas para evitar batidas. Aqui, policiais especiais em corcéis anotam a placa de automóveis estacionados na frente de algum prédio por mais de meia hora. Se permitissem que todos parassem nas ruas quando desse na telha, ou os automóveis ficariam em dez fileiras ou em dez andares.
E é por isso que, embora cheia de jardins, Chicago tem de ser representada como um parafuso completamente eletro-dínamo-mecânico. Não é defesa do meu próprio poema, mas corroboração da verdade e necessidade do poeta de organizar e recriar o material visível, e não polir o visível.
O guia descreveu Chicago de forma fiel e dessemelhante.
Sandburg descreveu de forma tanto infiel quanto dessemelhante.
Eu descrevo infiel, mas semelhante.
Os críticos escreveram que minha Chicago só poderia ter sido descrita por alguém que nunca havia visto a cidade.
Disseram: se eu vir Chicago, mudarei minha descrição.

Agora já vi Chicago. Provei o poema com pessoas de lá – e não lhes pareceu um sorriso cético, pelo contrário, foi como se mostrasse um outro lado de Chicago.

Detroit[15] – segunda e última cidade americana à qual me atenho. Infelizmente, não consegui ver as minas rústicas. As estradas americanas são incrivelmente caras. Um *Pullman* até Chicago é cinqüenta dólares (cem rublos).

Pude ir apenas aonde havia numerosas colônias russas e, claro, operárias. Minhas conferências foram organizadas pelo *Novi Mir* e *Frigate* – um jornal russo e o outro judeu do partido operário da América.

Em Detroit há 20 mil russos.

Em Detroit há 80 mil judeus.

Em sua maioria são ex-indigentes – cidadãos da Rússia, que se recordam dela como qualquer porcaria, chegaram há uns vinte anos e por isso apesar de tudo tratam a União Soviética de forma amistosa, atenciosa. A exceção – um grupo de Vranguelistas*, trazidos de Constantinopla por líderes grisalhos e calvos da união de jovens cristãos; mas também esse público amolecerá. O dólar corrompe a emigração branca melhor do que qualquer agitação. A famigerada Kirilítsa[16], que os americanos chamavam de *"princess* Cyril", veio à América para buscar o reconhecimento de Washington e aquiesceu rápido – encontrou um vivo empresário *manager* e pôs-se a entregar sua mão para beijar por 10 a 15 dólares no *Monday-morning* nova-iorquino – ópera-*club*.

Até o "príncipe" Boris colocou as manguinhas de fora em Nova York.

Colhendo os louros de Ródtchenko[17], ele começou a se dedicar à fotomontagem genuína, escrevia artigos da antiga vida da

---

15. Maiakóvski apresentou-se em Detroit em 30 de setembro e 18 de outubro.

* Ligados ao general Vránguel, do Exército Branco (contra-revolucionário). (N. de T.)

16. Mulher de Kiril Románov – um dos "pretendentes" ao trono russo depois da execução do rei Nikolai II. O "príncipe" Boris é irmão de Kiril.

17. Ródtchenko, A. M. (1891–1956) – artista soviético, famoso mestre da fotomontagem; amigo e companheiro de luta de Maiakóvski.

corte, relatando exatamente quando e com quem se embebedavam os tsares, ilustrando folhetins com montagens que traziam os tsares sobre os joelhos de bailarinas, e se lembrava quando e com quem o tsar jogava cartas, aproveitando a ocasião para também fazer montagens de ex-tsares com a paisagem de cassinos conhecidos. Por causa dessa literatura borissiana os próprios contra-revolucionários inveterados se desanimaram. Diz aí, como é que se promove agitação com tais *personas* a favor da posse dos contra-revolucionários? Até os jornais brancos escreviam com desânimo – tais intervenções começaram a ressoar em tudo as idéias do monarquismo. Novamente contra-revolucionários recém-trazidos, ainda sem instrução, pulam de empresa em empresa; Ford, benévolo com qualquer brancura*, adotou muitos.

Os operários da Ford mostram aos novatos russos: veja, aqui trabalha seu tsar. O tsar trabalha pouco – Ford tem algum acordo tácito sobre a assimilação instantânea e o desembaraço do trabalho dos russos brancos engajados.

Em Detroit há muitas empresas transnacionais enormes, por exemplo, a *Park Davis*, de medicamentos. Mas a glória de Detroit são os automóveis.

Não sei a proporção automóvel/habitante aqui (parece ser de um para quatro), mas sei que nas ruas eles são muito mais numerosos do que as pessoas.

As pessoas dão uma passadinha nas lojas, escritórios, cafés e cantinas – os automóveis as esperam do lado de fora. Ficam em fila dupla, de ambos os lados da rua. Amontoam-se para *meetings* em praças à parte, vigiadas, onde é permitido estacionar carros por 25, 35 centavos.

À noite, os que desejam estacionar o automóvel precisam resvalar da rua principal para a lateral, e ainda por cima rodar ali uns dez minutos, deparar com um encurralamento apinha-

---

* Contra-revolução. (N. de T.)

do, esperar até que o puxem para fora, atrás de milhares de outros carros.

Como o automóvel é maior do que homem e o homem que sai também senta no automóvel, então fica uma impressão incontestável: há mais máquinas do que pessoas.

Aqui há fábricas:

> Packard.
> Cadillac,
> irmãos Deutsch, segunda do mundo – 1.500 carros por dia.

Mas sobre todas essas reina uma palavra – Ford.

A Ford se consolidou aqui, e 7 mil novos fordinhos saem correndo todo dia dos portões da fábrica que funciona noite e dia sem parar.

Em uma das pontas de Detroit está o *Highland Park*, com plantas para 45 mil operários; na outra, *River rouge*, para 60 mil. Certo, mais ainda em Dearborn, a 17 milhas de Detroit, fica a fábrica de montagem de aviões.

Fui com grande exaltação a uma fábrica da Ford. Seu livro, publicado em Leningrado[18] em 1923, já possui tiragem de 45 mil; o fordismo é a palavra mais popular dos coordenadores do trabalho; falam sobre a empresa de Ford quase como algo que pode passar para o socialismo sem qualquer alteração.

O professor Lavrov escreve no prefácio à quinta edição do livro de Ford: "Foi lançado o livro de Ford [...] insuperável modelo de automóvel [...] os seguidores de Ford estão desolados, já que o último se espelha no talento do inventivo sistema Ford, que, como qualquer sistema verdadeiro, não faz senão garantir a melhor organização" etc., etc.

O próprio Ford diz: o objetivo de sua teoria é fazer do mundo uma fonte de alegria (socialista!); se não aprendermos a em-

---

18. H. Ford, *Minha vida, minha obra*, 1923 [Rio de Janeiro, Brand, 1960].

pregar melhor os carros, não restará tempo para nos deleitarmos com árvores e pássaros, flores e prados. "O dinheiro é útil tão-somente à medida que contribui para a liberdade da vida" (do capitalista?). "Se você servir em favor do próprio serviço, em favor da satisfação de perceber a justeza do negócio, então o dinheiro aparece para dar e vender" (não percebi!). "O chefe (Ford) é companheiro de seu operário, e o operário é camarada de seu chefe." "Não queremos pessoas definhadas por causa do trabalho pesado. Cada operário da Ford deve e pode opinar sobre o aperfeiçoamento dos negócios – e então ele é candidato a fords" etc., etc.

De propósito, não me detenho nas idéias interessantes e relevantes do livro – já se põe bastante a boca no trombone sobre elas, e não é para elas que o livro foi escrito.

Na fábrica levam grupos de umas cinqüenta pessoas. A direção é uma só, de uma vez por todas. Avante, fordista. Vá em fila indiana, sem se deter.

Para obter permissão para entrar, você preenche um questionário na sala onde fica um ford salpicado de dedicatórias em comemoração do décimo milhar. Enchem os seus bolsos de propagandas fordianas, amontoadas pelas mesas. A aparência dos que preenchem os questionários e dos guias, assim como a dos velhuscos e aposentados, indicava que eles só se vestiam com roupas de liquidação.

Fomos. Está um brinco de limpo. Ninguém se detém nem por um segundo. Passam pessoas de chapéu, olhando, escrevendo algo em uns boletins. Evidentemente controlam os movimentos operários. Nem vozes, nem estrepitar especial. Apenas o sério rumor coletivo. Caras esverdeadas com lábios negros, como em filmagens. Tudo isso por causa das longas lâmpadas de luz diurna. Atrás de ferramentas, atrás de estampadoras e de fundidoras, começa o notável circuito fordiano. O trabalho arranca diante dos operários. Chassis escalvados se sentam, como se os automóveis ainda estivessem sem calças. Asas assentadas sobre adargas, um automóvel se desloca junto com você em direção aos fulanos que constroem os motores, guindastes encaixam carrocerias, rodas rolando, pneus escorregam chão abaixo feito *búbliks*, operários debaixo do circuito pregam algo a martelo. Em pequenos vagonetes baixinhos, operários agarram-se às laterais.

Depois de passar por mais de mil mãos, o automóvel toma forma em uma das últimas etapas, o chofer se senta no auto, o carro resvala do circuito e sai rolando sozinho pela porta.

O processo já é conhecido através do cinema – mas mesmo assim você sai atordoado.

Ainda através de algumas subseções (a Ford faz todas as partes de seus carros sozinha, dos fios aos vidros), com trouxas de lã, com gruas de mil *puds* de virabrequins que voam para os circuitos sob as cabeças, diante da central elétrica fordiana mais potente do mundo, saímos para Woodword – uma rua.

Meu camarada de visita – velho operário da Ford, que largara o trabalho depois de dois anos por causa da tuberculose – também viu a fábrica por inteiro pela primeira vez. Diz com raiva: "Veja só, eles mostram o pomposo, já eu o levaria à ferraria em River, onde metade trabalha no fogo, e a outra na lama e na água".

À noite me falaram os fordistas – correspondentes operários do jornal comunista de Chicago *Daily Worker*:

– É uma droga. Uma droga mesmo. Não há escarradeiras. Ford não providencia, dizendo: "Não preciso que vocês escarrem, preciso que tudo esteja limpo; se precisam escarrar, que comprem escarradeiras vocês mesmos".

... Técnica – essa técnica é para ele, e não para nós.

... Dá óculos de lentes grossas, para que os olhos não caiam – a lente é cara. Filantrópico. Ele faz isso porque com lente fina o olho cai e é preciso pagar por ele, ao passo que com uma grossa ficam só arranhões, o olho se estraga por causa deles de qualquer forma ao cabo de uns dois anos, mas não é obrigado a pagar.

... Para comida, 15 minutos. Coma junto à máquina, a seco. Seria bom mostrar para ele o código de leis trabalhistas com a obrigatoriedade de um refeitório à parte.

... Pagamento – sem qualquer folga.

... Para membros do sindicato não dão emprego de jeito nenhum. Nada de biblioteca. Apenas cinema, e mesmo assim mostram só fitas sobre como trabalhar mais rápido.

... Vocês acham que não temos acidentes? Temos. Só que nunca escrevem sobre eles, e levam os feridos e mortos num fordinho comum, e não numa ambulância.

... Seu sistema quer se fazer passar por um sistema de horas (jornada de trabalho de oito horas), mas na realidade não passa de trabalho pago por produção.

... E como lutar com Ford?

... Tiras, provocadores e membros de clãs, 80% de estrangeiros pra tudo quanto é lado.

Como promover agitação em 54 línguas?

Às quatro horas olhei o turno que saía pelos portões da Ford – as pessoas desabavam no bonde e ali mesmo pegavam no sono, extenuadas.

Em Detroit há a maior taxa de divórcios. O sistema de Ford torna os operários impotentes.

PARTIDA

Cais da companhia Transatlantic no fim da 14ª rua. Deitaram as malas em uma esteira de tabuinhas que subia ininterrupta, para que as coisas não escorregassem. As coisas deslizaram velozes para o segundo andar.

Encostou no cais o pequeno vaporzinho *Rochambeau*, que se tornou ainda menor diante da vizinhança enorme, como uma arena de dois andares, o cais.

A escada do segundo andar pendia desdenhosamente.

Dão uma espiada, verificando o certificado de saída – certificado que garante que os impostos da América, dos que nela trabalharam, nela permanecem, e que a pessoa entrou no país de maneira correta, com a permissão das autoridades.

Olharam a passagem – e eu estava em território francês, de volta, sob a tabuleta de *French Line*[1] e sob a propaganda de *Biscuit Company National* – não há volta.

---

1. Inglês – linha francesa (de vapores).

Fito os passageiros pela última vez. Última porque o outono é época de tempestade, e as pessoas não se levantarão durante todos os oito dias.

Antes da chegada a Havre, eu sabia que no vapor que havia saído ao mesmo tempo do cais vizinho, "Cunard Line", seis pessoas haviam quebrado os próprios narizes de ponta a ponta, levando tombos no lavatório na hora do balanço, rolando por cima das ondas por todo o convés.

O vapor é bem ruinzinho – do tipo particular: apenas primeira e terceira classe. Não há segunda. Ou melhor, há uma segunda. Vão pobres ou econômicos, e ainda alguns jovens americanos, nem econômicos, nem pobres, enviados pelos pais para estudar arte em Paris.

Distanciava-se a Nova York com lencinhos abanando, surpreendente à primeira vista.

O Metropolitan *building* girou com seus quarenta e tanto andares, as janelas diáfanas. Juncado de cubos descortinava-se o novo edifício da central telefônica; afastado, a distância, tornou-se visível todo o ninho de arranha-céus ao mesmo tempo: uns 45 andares do *Benenson building,* duas caixinhas de espartilho iguaizinhas, cujos nomes eu desconhecia, ruas, fileiras de *elevators,* buracos de metropolitanos que terminam no cais *Southern ferry*. Depois os edifícios fundiram-se em rochedos recortados, enviesados, sobre cujas chaminés se alçava o *Woolworth* de 57 andares.

Erguia o punho com a tocha a mulheraça da liberdade americana[2], encobrindo com o traseiro a prisão da Ilha das Lágrimas.

Estamos em mar aberto de volta. Durante 24 horas não havia nem balanço nem vinho. As águas territoriais americanas

---

2. Referência à gigantesca estátua da mulher com a tocha na mão erguida, que personifica a liberdade. A estátua está na pequena ilha *Bedloe* na entrada do porto nova-iorquino. Ao lado, em *Ellis Island,* encontra-se o ponto do controle das pessoas que chegam aos Estados Unidos. Por seu regime, esse ponto lembra uma prisão, e a *Ellis Island* é conhecida pelo nome de Ilha das Lágrimas.

ainda estão cobertas pela lei seca. Depois de 24 horas, tanto um quanto o outro vieram à tona. As pessoas foram se deitar por causa do enjôo.

No convés e nas cantinas restaram umas vinte pessoas, incluindo os capitães.

Seis delas são jovens americanos: um novelista, dois artistas, um poeta, um músico e uma moça que foi ao cais como acompanhante, enfiou-se no navio e partiu por amor, mesmo sem visto francês.

Os representantes do meio artístico, percebendo a ausência de pais e da *prohibition*, começaram a beber. Lá pelas cinco horas começaram com uns coquetéis; durante o almoço davam cabo de todo o vinho de mesa; depois do almoço encomendavam champanhe; nos seguintes dez minutos antes da hora de fechar acumulavam garrafas entre todos os dedos; depois de embriagar-se, vagavam pelos corredores balangantes em busca do garçom, que dormia.

Pararam de beber um dia antes de atracar, primeiro porque um comissário furioso por causa do barulho incessante jurou entregar dois artistas nas mãos da polícia francesa antes mesmo de desembarcarem, e, segundo, todos os estoques de champanhe já haviam sido bebidos. Pode ser que também por isso se explicasse o tom ameaçador do comissário.

Além dessa companhia, vagava um canadense idoso, careca, o tempo todo me caceteando com o amor aos russos, compassivo, citando e celebrando comigo o conhecimento de ex-príncipes, vivos ou mortos, que outrora conseguiam estar nas páginas dos jornais.

Dois diplomatas se enredavam entre mesinhas tilintando: o auxiliar do cônsul paraguaio de Londres e o representante chileno na Liga das Nações. O paraguaio bebia à vontade, mas nunca fazia o pedido sozinho, sempre com o objetivo de estudar os hábitos e observar os jovens americanos. O chileno aproveitava cada minuto de bonança e da excursão de mulheres para o convés para dar mostras de seu temperamento ou pelo menos tirar fotografias junto com a sereia ou a chaminé de pano de fundo. Finalmente, um comerciante espanhol, que não sabia palavra em inglês, e em francês só *regardez* – não sabia nem mesmo *merci*, parece. Mas o espanhol sabia se virar de tal maneira com essa palavra que, exagerando gestos e sorrisos, passava dias inteiros indo e vindo de companhia em companhia, no maior papo animado.

Novamente foi lançado o jornal, novamente jogaram a toda velocidade, novamente festejaram a tômbola.

Na volta despovoada procurei dar forma às impressões americanas essenciais.

Primeiro. O futurismo da técnica despida, do impressionismo superficial das fumaças e cabos condutores, que tem a grande tarefa de revolucionar a psique petrificada, impregnada de provincianismo – esse é o futurismo primitivo definitivamente consolidado pela América.

Aqui não adianta convocar e propagar. Instale fordzons em Novorossiisk*, como o faz o Amtorg[3].

Diante dos operários da arte desponta a tarefa da Lef**: não decantar a técnica, mas refreá-la em prol dos interesses da humanidade. Não o enlevo estético com as escadas de incêndio de ferro dos arranha-céus, mas a organização simples da moradia.

O que é que tem o automóvel? Automóveis há muitos, está na hora de refletir, para que eles não deixem seu fedor nas ruas.

Nada de arranha-céu – nele é impossível viver, mas se vive.

---

* Cidade no sul da Rússia. (N. de T.)
3. Fordzons: tratores das firmas americanas "Ford e filho" ("Ford and son" – aqui "fordzons"). Amtorg – sociedade anônima que realizava as operações comerciais entre a União Soviética e os Estados Unidos naquela época. (N. de E.) [Abreviação de Американская торговля, Amerikanskaia torgovlia – comércio americano. (N. de T.)]
** Lef, sigla para Левый фронт ("Levy front" – Frente de esquerda). (N. de T.)

As rodas dos *elevators* que passam voando cospem poeira e parece que os trens atropelam seus ouvidos.

Nada de decantar o estrépito, mas sim instalar silenciadores – nós, poetas, precisamos conversar no vagão.

Vôo desmotorizado, telégrafo sem fio, rádio, *buses* que desconjuntam bondes dos trilhos, *subways* que levam para debaixo da terra qualquer visibilidade.

Pode ser que a técnica do amanhã, multiplicando as forças do homem em milhões, vá pelos caminhos do aniquilamento das construções, do estrépito e das demais aparências tecnológicas.

Segundo. A divisão do trabalho aniquila a qualificação humana. O capitalista, separando e segregando materialmente a porcentagem de operários que lhe é cara (especialistas, mandachuvas amarelos dos sindicatos e assim por diante), trata o resto da massa operária como um bem de consumo inesgotável.

Queremos, venderemos; queremos, compraremos. Não concordam em trabalhar, aguardamos; se fizerem greve, contratamos outros. Se submissos e competentes, cumularemos de benefícios; se insubmissos, cassetete da polícia do Estado, *Mousers* e *Colts* de detetives de escritórios particulares.

A inteligente bipartição da classe operária em ordinários e privilegiados; a ignorância dos operários esgotados pelo trabalho, nos quais, depois de um dia de trabalho bem organizado, não restam forças, nem as necessárias ao raciocínio; o relativo bem-estar do operário, que a custo ganha o mínimo suficiente para viver; a esperança quimérica de enriquecer no futuro, saboreada por diligentes descrições de engraxates que viraram multimilionários; as genuínas fortalezas de guerra nas esquinas de muitas ruas, e a terrível palavra "deportação"[4] – tudo isso afugenta para bem longe as tão sonhadas esperanças sólidas de explosões re-

---

4. Amplamente empregada nos Estados Unidos para a luta contra personalidades progressistas.

volucionárias na América. A não ser que a Europa revolucionária recuse alguns pagamentos de dívidas. Ou em uma pata estendida sobre o oceano Pacífico os japoneses comecem a afiar as garras. Por isso a assimilação da tecnologia americana e os esforços para o segundo descobrimento da América – para a União Soviética – é a tarefa de cada um que viajou pelas Américas.

Terceiro. É possível que seja fantástica. A América engorda. Pessoas com dois milhõezinhos de dólares são consideradas jovens iniciantes não ricas.

Emprestam dinheiro para todos – até para o papa romano, que comprou um palácio do outro lado, a fim de que basbaques não bisbilhotassem em suas janelas de papa.

Esse dinheiro vem de tudo quanto é lado, até dos descarnados porta-moedas dos operários americanos.

Os bancos promovem agitação ensandecida por depósitos operários.

Esses depósitos geram pouco a pouco a crença de que é preciso desvelar-se sobre os lucros e não sobre o trabalho.

A América se tornará apenas um país financeiro usurário.

Ex-operários, que ainda possuem um automóvel por pagar em prestações e um casebre microscópico, regado com suor até que, não é de admirar, cresça um segundo andar, pode até lhes parecer que a proeza deles é cuidar que não se perca seu dinheiro papal.

Pode acontecer que os Estados Unidos juntos se tornem as últimas defesas armadas do negócio burguês desesperado – então a história poderá escrever um bom romance, tipo Wells, *A guerra dos mundos*[5].

---

5. Trata-se do célebre romance fantástico, de ficção científica, de Herbert Wells, no qual é representado um ataque de marcianos à Terra.

O objetivo de meus ensaios é fazer com que no pressentimento de uma luta remota se analisem os lados fracos e fortes da América.

O *Rochambeau* ancorou em Havre. Casebres irregulares, com andares que se contam nos dedos, a uma hora de distância do porto; quando já havíamos atracado, a margem ficou apinhada de aleijados esfarrapados, moleques.

Do vapor atiravam centavos dispensáveis (o que é tido como "felicidade"), enquanto os moleques, pisando uns nos outros, arregaçando, com dentes e dedos, as camisas esfarrapadas, aferroavam-se pelas moedas de cobre.

Do convés, os americanos morriam de dar risada e estalavam instantâneos.

Esses indigentes estão postados diante de mim como símbolo do futuro da Europa, se ela não deixar de se rastejar diante do dinheiro dos americanos, e de qualquer outro.

Fomos a Paris perfurando túneis de infindáveis montanhas, que deitaram de través.

Em comparação com a América, choças lamentáveis. Cada *verchok* de terra, conquistada em uma luta secular, explorada por séculos, plantada com mesquinhez farmacêutica, de violetas a alface. Mas até esse mísero apego pelo casebre, pela terrinha, pelo que é seu, até esse premeditado aferro secular me parecia agora uma cultura inverossímil em comparação com o sistema de bivaque, com o caráter interesseiro da vida americana.

Em compensação, mesmo até Rouen, nos infindáveis caminhos de terra, forrados de castanheiros, até no trecho mais povoado da França, encontramos ao todo apenas um automóvel.

[1925–1926]

1ª edição Agosto de 2007 | **Diagramação** Megaart Design
Fonte Palatino | **Papel** Alta Alvura Suzano
Impressão e acabamento Corprint